Suhrkamp Literatur

Herbert Achternbusch · R. P. Arlati
Reinhold Batberger · Paul Celan · Julio Cortázar
Fritz H. Dinkelmann · Tankred Dorst
Marguerite Duras · Jürg Federspiel · Marianne Fritz
Zbigniew Herbert · Uwe Johnson · Karl Krolow
Hans Meyer-Hörstgen · Bodo Morshäuser
Klas Östergren · Walker Percy · Friederike Roth
Peter Sloterdijk · Mario Vargas Llosa
Martin Walser · Robert Walser
Spectaculum · Bibliothek Suhrkamp

Paul Celan

Zbigniew Herbert

Herbert Achternbusch

Paul Celan
Gedichte 1938–1944

Faksimile der Handschrift
Etwa 136 Seiten. Leder.
Transkription der Handschrift
Mit einem Vorwort und mit Anmerkungen von Ruth Kraft
Etwa 152 Seiten. Broschur.
Einmalige numerierte Auflage von 1000 Exemplaren
Zwei Bände in Kassette. ca. DM 148,–

Im Herbst 1944 fertigte Celan eine kalligraphische Sammlung von Gedichten an, die zum kleineren Teil 1938–1940, zum größeren Teil in den Kriegsjahren entstanden waren. Es entstand ein Buch, das Paul Celan der engsten Freundin dieser Jahre, Ruth Lackner (Kraft) schenkte. Dieses Buch mit 97 Gedichten, von denen bisher nur 12 veröffentlicht worden sind, wurde erst im Frühjahr 1984 dem Suhrkamp Verlag zugänglich. Es stellt die vielleicht wichtigste Veröffentlichung aus dem umfangreichen Nachlaß Paul Celans dar.

Die Gedichte des Bandes stehen in ihrer Mehrzahl in einem erstaunlichen Kontrast zu den Bedingungen ihrer Entstehung. Denn was sie zu verkörpern suchen, wird von der Wirklichkeit aufs schärfste in Frage gestellt: lyrische Schönheit. Zugleich fordern solche Gedichte einen Leser, der all das mitzulesen vermag, wovon sie sich abstoßen; sie fordern – auch – eine seismographische Lektüre des Grauens inmitten poetischer Schönheit.

Zbigniew Herbert
Bericht aus einer belagerten Stadt

und andere Gedichte
Aus dem Polnischen übertragen von Oskar Jan Tauschinski
Etwa 96 Seiten. Leinen. ca. DM 24,–

Die Träume sind dazu da, inmitten der Verbrechen über Jahrhunderte nicht aufzuhören, die Welt zu lieben. Eben dies gelingt Herbert in seinen Gedichten. Und er befolgt das Wort Marc Aurels: Prüfe die Beschaffenheit der Dinge in der Welt und unterscheide an ihnen die Stoffe, die wirkende Kraft und den Zweck.

Was Jerzy Kwiatkowski vor mehr als zwanzig Jahren schrieb, hat seine Gültigkeit bewahrt oder wird noch einmal bestätigt: »Herberts Ziel ist nicht die Neuheit. Sein Ziel ist die Vollkommenheit... Maß, Harmonie, Gleichgewicht. Gleichgewicht von Überraschung und Mitteilung, von Konstruktion und Emotion. Von Gewichtigkeit des Problems und Kraft der ästhetischen Wirkung. Poesie der ausgewogenen Waagschalen.«

Peter Sloterdijk

Mario Vargas Llosa

Martin Walser

Mario Vargas Llosa
Tante Julia und der Kunstschreiber

Roman

Aus dem Spanischen von Heidrun Adler

Etwa 420 Seiten. Gebunden. ca. DM 39,80

Erzählt wird eine »Heirat auf peruvianisch« (*Le Monde*), die hinreißende Geschichte des 18jährigen Varguitas, der sich in seine eigene – vierzehn Jahre ältere – Tante Julia verliebt und die er schließlich heimlich heiratet. Erzählt wird gleichzeitig die aberwitzige Geschichte des Kunstschreibers Pedro Camacho, eines skurrilen und arbeitsbesessenen Autors von Hörspielfolgen. Dieser im besten Sinne unterhaltende Roman von Vargas Llosa (»Ohne Zweifel einer der größten Romanciers der lateinamerikanischen Literatur«, *Magazine Littéraire*) wurde in den spanischsprachigen Ländern mit Begeisterung aufgenommen, in Frankreich bei Erscheinen mit dem »Prix du meilleur livre étranger« ausgezeichnet, von der *New York Times* zu einem ihrer »Zehn besten Bücher des Jahres« gewählt.

»Der lustigste – und ergreifendste – Roman des Jahres.« (*Express*, Paris)

Martin Walser
Meßmers Gedanken

Etwa 250 Seiten. Leinen. ca. DM 28,–

Bisher gab es Keuners Geschichten. Nun gibt es auch Meßmers Gedanken.
Wir besichtigen Meßmers Gedanken wie ein Geheimfach, betreten das Buch wie einen Geheimraum. Meßmers Ziel ist die 4. Dimension der Autobiographie. Nach Kenntnis seiner geistigen und psychischen Beschaffenheit und der Fähigkeit, Abenteuer nicht in Handlungen, sondern in Prosa stattfinden zu lassen – wie Meßmer es selbst fordert –, ist nicht daran zu zweifeln, daß er sein Ziel erreicht.
Der *Schmerzstoff* ist es, der diese Autobiographie ausmacht. Er treibt mit Meßmer ein verheerend ernstes Spiel. Wenn wir ahnungslos das kleine Buch aufschlagen und Sätze zu lesen beginnen, halten wir, bald schon, erschreckt ein: Das sind Romane, unaufhörliche. Jeder ein Seelenkind nach Maß. Wir erschrecken noch einmal: es paßt. Bis zum letzten Atemzug: *Wenn ich meine Mütze aufsetze, bin ich, denkt Meßmer.* Das ist sein Triumph. Auch der unsere. Mit ihm endet das lebenslange Buch.

Robert Walser
Aus dem Bleistiftgebiet

Mikrogramme aus den Jahren 1924-25
Band I: Prosa
Band II: Gedichte und dramatische Szenen
Im Auftrag des Robert Walser-Archivs der Carl Seelig-Stiftung/Zürich entziffert und herausgegeben von Werner Morlang und Bernhard Echte
2 Bände im Schuber. Etwa 600 Seiten. Leinen. ca. DM 88,–

Robert Walsers »Bleistiftgebiet«, das sind insgesamt 526 Blätter verschiedenster Art, die außerordentlich dicht mit einer kaum vorstellbar winzigen Bleistiftschrift bedeckt sind. Von diesen Blättern, die auch unter der Bezeichnung ›Mikrogramme‹ bekannt geworden sind, waren bisher nur jene 35 transkribiert und veröffentlicht, die den hochinteressanten *Räuber*-Roman und die *Felix*-Szenen enthalten. Nach einer mehr als dreijährigen Entzifferungsarbeit zweier Forscher am Robert Walser-Archiv, Zürich, können wir nun die ersten zwei Bände einer umfassenden Edition dieser rätselhaften Manuskripte vorlegen.
Die beiden Bände enthalten unbekannte Prosa, Gedichte und dramatische Szenen aus den Jahren 1924/25, einer Zeit in Walsers Leben, die einerseits von tiefer persönlicher Krise geprägt war, in der er andererseits aber zu seinem Stil disparater und gleichzeitig höchst bewußter Subjektivität fand. Es ist der Stil, der seine Texte heute als exemplarisch modern erscheinen läßt.

Peter Weiss
Die Ästhetik des Widerstands

Roman
Sonderausgabe
960 Seiten. Gebunden. ca. DM 39,80

»*Die Ästhetik des Widerstands* ist nicht nur die großangelegte Auseinandersetzung der Linken mit ihrer eigenen Theorie und Praxis, Weiss entwirft auch ein Gesamtbild der europäischen Linken zwischen 1917 und 1945...
Weiss will die Kunst als das kollektive Gedächtnis der Menschheit nicht vom revolutionären Prozeß der Befreiung abtrennen, ja für ihn wird der politische Kampf erst in der kulturellen Revolution zur Erfüllung gebracht...
Er verschweigt nichts von der Tragödie des Stalinismus und von dem, was sie als Erbschaft hinterließ. Aber sein Roman wird nicht zur Anklage, zum Pamphlet. Eher handelt er mit Schmerz und Scham von der Unfähigkeit zu trauern im Sozialismus....
Was Benjamin vorschwebte, als er seine Pariser *Passagen*-Arbeiten skizzierte, das hat Peter Weiss in der *Ästhetik des Widerstands,* diesem gewaltigen Epitaph auf die Arbeiterbewegung in der Epoche des Faschismus, verwirklicht: die Beschreibung eines Zeitalters aus seinen Ruinen.«
(*Hanjo Kesting, Der Spiegel*)

Siegfried Unseld
Hermann Hesse – Werk und Wirkungsgeschichte

Etwa 360 Seiten. Leinen. ca. DM 30,–

Bei wenigen Autoren ist es so ergiebig, die Wechselbeziehung zwischen Werk- und Wirkungsgeschichte zu studieren, wie bei Hermann Hesse, dessen alle Moden überdauernde weltweite Wirkung zu den interessantesten Phänomenen in der deutschen Gegenwartsliteratur zählt. Dies läßt sich nirgendwo besser verfolgen als in dieser Dokumentation des langjährigen Verlegers von Hesse, Siegfried Unseld, der in einer originellen Gegenüberstellung von Selbstzeugnissen seines Autors und Reaktionen auf Hesses Werk das Schicksal jedes seiner Bücher von der Jahrhundertwende bis in die aktuelle Gegenwart hinein illustriert. Das Spannungsverhältnis zwischen der Intention eines Schriftstellers und der Rezeption von Leserschaft und Literaturkritik wird hier über nahezu ein ganzes Jahrhundert hinweg sichtbar. Die Kritik hat Siegfried Unselds Werkgeschichte gerühmt als einen Wegweiser durch die Produktion einer beispiellos fruchtbaren Schriftstellerexistenz, als ein unverzichtbares Standardwerk für alle Leser Hermann Hesses, aber auch als ein schrittmachendes Modell zu Erschließung vergleichbar vielseitiger Schriftstellerwerke.

Sigmund Freud Sein Leben in Bildern und Texten

Herausgegeben von Ernst Freud, Lucie Freud und Ilse Grubrich-Simitis
Mit einer biographischen Skizze von K.R. Eissler
Gestaltet von Willy Fleckhaus
Mit Anmerkungen, Zitat- und Bildnachweis, Namenregister
352 Seiten. Kartoniert. ca. DM 38,–

Dieser umfassende Freud-Bildband – seiner Struktur nach eine illustrierte Autobiographie – enthält über 300 Photos, Dokumente und Texte von der frühen Kinderzeit in der mährischen Kleinstadt Freiberg bis zu den letzten Tagen im Londoner Exil. Er ist ein bedeutender Beitrag zur Biographik des Begründers der Psychoanalyse und gleichermaßen ein Stück Kulturgeschichte.

Im Herbst 1984 erschienen:

Octavio Paz Verbindungen – Trennungen

Ein Essay
Aus dem Spanischen von Elke Wehr und Rudolf Wittkopf
183 Seiten. Leinen. DM 28,–

Im Herbst 1984 erschienen:

Lars Norén Dämonen

Aus dem Schwedischen von Angelika Gundlach
136 Seiten. Engl. Broschur. DM 24,–

Dämonen ist das erste Stück einer Trilogie, in der Lars Norén die Beziehungen von Paaren untersucht. Er tut das auf eine sehr theatralische Weise, er beschreibt, führt vor, aber kommentiert nicht. Er ist ein Meister des szenischen Dialogs, und die schwedische Kritik hat ihn zu Recht mit Strindberg verglichen.

Spectaculum 40

9 moderne Theaterstücke und Materialien
Etwa 300 Seiten. Gebunden. ca. DM 24,–
im Abonnement: DM 20,–

Samuel Beckett
»Ein Stück Monolog«
Übersetzt von Erika und Elmar Tophoven

Bertolt Brecht
»Das wirkliche Leben des Jakob Geherda«

Hermann Broch
»Entsühnung«

Tankred Dorst
»Heinrich oder die Schmerzen der Phantasie«

Per Olov Enquist
»Aus dem Leben der Regenwürmer«
Übersetzt von Angelika Gundlach

Federíco García Lorca
»Komödie ohne Titel«
Übersetzt von Rudolf Wittkopf

Bodo Kirchhoff
»Glücklich ist, wer vergißt«

Harold Pinter
»Einen für unterwegs«
Übersetzt von Heinrich Maria Ledig-Rowohlt

Einar Schleef
»Berlin ein Meer des Friedens«

Bibliothek Suhrkamp

Jurij Trifonow: Zeit und Ort
BS 860 (Januar 85)

Shen Congwen: Die Grenzstadt
BS 861 (Januar 85)

Stanisław Lem:
Die Geschichte von den drei Geschichten erzählenden Maschinen des Königs Genius
BS 867 (Januar 85)

Virginia Woolf: Die Wellen
BS 128 (Februar 85)

Thomas Bernhard: Beton
BS 857 (Februar 85)

Felisberto Hernández:
Die Hortensien
BS 858 (Februar 85)

Karl Krolow: Im Gehen
BS 863 (Februar 85)

Gertrud von le Fort:
Die Tochter Farinatas
BS 865 (März 85)

Joachim Maass:
Die unwiederbringliche Zeit
BS 866 (März 85)

Hermann Hesse: Der Steppenwolf
Mit Illustrationen von Gunter Böhmer
BS 869 (März 85)

Max Frisch: Biografie: Ein Spiel
BS 873 (April 85)

Félix Valloton:
Das mörderische Leben
BS 846 (April 85)

Rafael Sánchez Ferlosio:
Abenteuer und Wanderungen des Alfanhuí
BS 875 (April 85)

Walter Benjamin: Sonette
BS 876 (Mai 85)

Franz Hessel: Pariser Romanze
BS 877 (Mai 85)

Danilo Kiš: Garten, Asche
BS 878 (Mai 85)

Hugo von Hofmannsthal: Lucidor
BS 879 (Juni 85)

Adolf Muschg: Leib und Leben
BS 880 (Juni 85)

Horacio Quiroga:
Geschichten von Liebe, Irrsinn und Tod
BS 881 (Juni 85)

Max Frisch: Blaubart
BS 882 (Juli 85)

Mircea Eliade:
Nächte in Serampore
BS 883 (Juli 85)

Clarice Lispector:
Die Stunde des Sterns
Lebendes Wasser
BS 884 (Juli 85)

Fotonachweis: I. Ohlbaum, D. Nielsen, F. Gloor, E. Pfirter, K. Voigt, M. Thieringer, G. Koelbl, A. de Brunhoff, M. Bronnär; weitere Nachweise: Suhrkamp Verlag.
Suhrkamp Verlag, Lindenstraße, 6 Frankfurt/M. 1. Preisänderungen vorbehalten. 1/85 (99938)

SV

Martin Walser
Meßmers Gedanken

Suhrkamp Verlag

Erste Auflage 1985

Druck: MZ-Verlagsdruckerei GmbH, Memmingen
Printed in Germany

I

Von allen Stimmen, die aus mir sprechen, ist meine die schwächste.

Mein Gesicht ist eine Tür, durch die man herein kann, aber nicht hinaus.

Mich verändert alles. Ich verändere nichts.

Durch mein Gesicht ziehen die Jahre wie Eroberer.

Es muß gepriesen werden die Wand, die dich trennt.

Ich schaue hinaus durch einen täglich kleiner werdenden Schlitz. Was für eine Gemeinheit, mich gestern anzurufen und heute nicht.

Immer wird mir, von der Kürze fasziniert, die Zeit lang.

Er vertreibt die Leute so rasch wie möglich, dann sitzt er wieder. Also ihm geht es ausgezeichnet. Er weiß es, aber er spürt es nicht.

Wenn mir einer seinen Besuch ansagt, erschreckt er mich. Ich will seinen Besuch nicht. Das kann ich nicht sagen. Mein Leiden nimmt zu, bis zu seinem Eintritt. Wenn er hereinkommt, bin ich völlig wund. Um ihn nicht spüren zu lassen, wie wenig ich seinen Besuch ertrage, hindere ich ihn immer wieder am Gehen. Erst nachts um drei, wenn wir beide erschöpft sind, darf er hinaus. Ich fall' in mein Bett und weine vor Freude.

Wenn der nebenan einmal ein Geräusch richtig deutet, weiß er bei jedem folgenden Geräusch eindeutig, was ich tue.

Meßmers Gedanken sind die Gedanken einer dicken Frau. Das weiß er so sicher, daß ihm an Beweisen nicht liegt.

Meßmers Ziel: die 4. Stufe der Autobiographie. Der Schwächling, der zu allen Finten Zuflucht nimmt. Das Ideal: Entblößung und Verbergung gleich extrem. Also eine Entblößungsverbergungssprache. Das kalifornische Klima lädt dazu ein. Meint Meßmer.

Daß er so fest mit einem Erdbeben rechnet, solange er hier ist, kann sowohl eine Form genießerischer Selbstüberschätzung sein als auch ein Ausfluß langer Erfahrung: ihm passiert immer das Schlimmste. Ihm tun jedesmal die Leute leid, die mit ihm ein Flugzeug betreten. Nur weil sie mit ihm fliegen, werden sie jetzt gleich sterben müssen. Beim Verlassen des Flugzeugs schaut er die Leute genau an. Er möchte wissen, wem er es zu verdanken hat, daß er heil bis nach Amerika gekommen ist.

Der tägliche Gang zum Institut für Erdbebenforschung. Bis jetzt ist alles ruhig. Die Tiefe tut so, als habe sie meine Anwesenheit an der empfindlichsten Stelle der Welt noch nicht bemerkt. Ich komme mir aber bemerkt vor. Ich warte Tag und Nacht auf eine Antwort aus der

Andreas-Falte. Es gibt nichts Schöneres als das: in der Tiefe bemerkt zu werden; zu spüren, daß du anziehend bist für die Katastrophe.

Sich geliebt zu wissen ist etwas, auch wenn es die Katastrophe ist, die sich in einen verknallt hat. Keiner sieht von außen das Netz von Rissen, das Meßmers Leben durchzieht wie ein Nervensystem. Es sind aber Risse. Man wundert sich, daß alles noch zusammenhängend aussieht und immer noch zusammenhält. Aber es hält ja längst nicht mehr zusammen. Er hält es zusammen. Wie hätte er sich nicht heroisch vorkommen sollen. Wenn er das Haus am Grizzly Peak Boulevard in der Unwetternacht nicht verlassen hätte, hätten die aufbrechenden Wasser von unten und der Tornado von oben dieses Haus, in dem er Gast war, zerstört. Er war geflohen, um C. zu retten. C.s Mann, der in der Unwetternacht in Long Beach gewesen ist, beschimpft ihn, weil er C. in einer solchen Katastrophennacht allein gelassen hat. Meßmer sagt, er sei gegangen, um C. und das Haus zu retten. C., die alles miterlebt hat, glaubt ihm das. Ihr Mann nicht.

Obwohl er jede nähme, sieht er nicht alle andauernd vor sich, sondern nur eine, C. Frontal. Sie, die Inbrunst. Er, der Ausbund.

Er, ein Streichholzkopf. Bei der geringsten Reibung verbrennt er.

Am Morgen nach der Erdbebennacht waren die Maulwurfshaufen so groß wie noch nie.

Daheim schrieb er in sein Notizbuch: Bitte, geh nicht mehr fort. Und wenn du noch einmal fortgehst, laß mich, bitte, daheim, ich will nicht mehr mit.

Er muß in jedem Augenblick damit rechnen, entdeckt zu werden. Meint Meßmer.

Wir fahren am lieben Schwarzwald entlang. Die Waldtäler sehen aus wie Einladungen zum Verschwinden.

Ich möchte mich verbergen. Wenn ein Wunsch sich so oft meldet, sollte man ihn ernster nehmen, als ich es tue. Ich entscheide mich von Mal zu Mal rücksichtslos gegen diesen Wunsch. Ich nehme Einladungen an, mich zu entblößen.

Die Zeit vergeht am langsamsten, wenn man unterwegs ist, und am schnellsten zu Hause. Also sollte man immer unterwegs sein.

Was alles muß man, weil man nicht stark ist, auf sich nehmen!

Immer öfter sagt er etwas anderes, als er sagen will. Allmählich muß er zugeben, daß er nicht der ist, der er gern wäre. Oder soll er weiterhin einen Text von sich verlangen, den er, bevor er ihn sagen kann, zuerst machen muß?

Was man zu hören bekommt, klingt, als sei es für einen anderen bestimmt. Der müßte man zuerst werden, dann könnte man sich fügen. Das wird erwartet.

Wenn er daran dachte, wie sehr er sich heute werde beherrschen müssen, wurde ihm sofort ein wenig schwindlig im Vorgefühl der Anstrengung, die dazu nötig sein würde.

Von allen Fallen sind die, die man sich selbst stellt, die schlimmsten.

Das Schlimmste verdankt seine Möglichkeit vielleicht dem Umstand, daß wir uns aus uns selbst bis zur Interesselosigkeit zurückziehen können in die Sprache, die einen Vorgang konstatiert, der uns vernichtet. Vergehen mit Wörtern.

Festungen. Osmose. Schluß der Permeabilität. Hinstarren auf den Fleck. Schwindendes Bedürfnis. Einfriedung. Nachlaß. Ruckweises Zerrinnen. Liegenbleiben. Auflösung. Erlebnis der Auflösung. Gleichmut. Und sofort die Katastrophe.

Die Heizung hört jäh auf. Die Stille bricht aus. Noch ein Ticken von etwas, ein Prickeln in Metall, dann Schweigen, ich resigniere.

Er sähe sich gern als einen verstummten Musiker. In seinen Gedanken knackst es wie in der Heizung, wenn sie kalt wird.

Ich bin ein Säufer, der nicht trinkt.

Er zerfällt in einzelne Sätze; die tarnt er als Rufe.

Als es schön war, wußte ich es nicht.

Meine Füße im Gras, mit Millionen Zehen.

Da war ich also von Tönen voll, unsingbaren. Es riß mir den Mund auf, heraus kam nichts.

Ich ging durch die Allee. Neben mir lief Laub.

Immer sah ich die Sonne nur untergehen.

Ich bin öfter gestürzt als aufgestanden.

Ich hüte mich, fest aufzutreten. Ich fürchte die Härte des Bodens.

Ich sehe zu, wie Vögel gejagt werden von etwas, das nicht fliegen kann.

Alleinsein hat keinen Ton. Lautlos wartet, wer allein ist. Sobald er Gott annimmt, singt er. Sich durchschauend wird er wieder stumm.

Während ihr arbeitet, lasse ich die Zeit in die Schalen rinnen, die ich vor langem aufgestellt habe.

Wenn der Winter hätte stehenbleiben können im Eis, wäre der Frühling ausgefallen und alles. Aber der Glanz heute, die Milde, im Licht, in der Luft, gleich wird es rauschen vor Wind, Wärme, Fruchtbarkeit, Routine, Tod.

Was alles, ohne daß ein Koordinierender erschließbar ist, auf einen Punkt wirkt.

Die Post nimmt man aus den Händen des Postboten wie einen prall gefüllten Luftballon. Man öffnet die Briefe, liest, die Luft entweicht, in den Händen bleibt Müll.

Welk häng ich in der Vase und denke der Feuchtigkeit nach. Früher, als die Glocken naß läuteten. Der Blitz schlug meistens in meinen großen Zehennagel ein und konnte ihm nicht schaden. Die Wellen des Mostes brausten bergauf. Jungfrauen wurden mitgerissen, flügelschlagend vermehrten sie den Sturm. Wie sollte, da das vorbei ist, nicht alles vorbei sein.

Andauernd drück ich mit zwei Fingern die Augen zu. So spiele ich mir einen vor, der sich heftig daran hindern muß, alles weiterhin zur Kenntnis zu nehmen.

Als meine Not nicht weiter reichte als der nächste Schritt, ich nichts Schlimmes wußte, der Winter stattfand in einer wunderbaren Nuß. Jetzt friere ich in jeder Wärme. Als meine Glieder in jeder Kälte brannten, ich im Fieber bergauf lief, im Januarwald wohnte, um die Wette rannte mit dem Februarsturm, weich auftrat im März und ihm Feuer gab.

Ich schleppe mich durch die Welt. Das kann ich sagen. Ohne Gefährten bin ich, wie andere auch. Ich trage Schicksal. Das ist Mode. Allgemeiner als ich, kann man nicht sein.

Lächerlicher Tag der Zukunft, wenn man die Käfige öffnen wird, in denen all die alten Tiere gestorben sind. Der Mist, der dann entfernt werden muß. Die Habseligkeiten, die gehätschelten. Die persönlichen Dinge alle, in diesem Mist. Der Übergang von persönlichen Dingen in Mist und umgekehrt. Selbst Fachleute werden sich da im Unterscheiden schwertun.

Keiner ist feig. Gläsernen Mutes spielen wir, was verlangt wird. Manche können sogar küssen mit einem liebevollen Mund.

Ich denke an alles, aber es huscht nur durch, der Kopf bleibt kalt wie ein Gebäude, das seit langem nicht mehr bewohnt wird. Ich bin dem Flughafen Pittsburgh nicht gewachsen, das ist alles.

Je länger er durch die Stadt ging, desto unerträglicher wurde ihm das Geschrei der Waren. Dieses Geschrei wurde, je hilfloser es wurde, um so durchdringender. Es war, als schreie eine Masse Lebendiger kurz vor dem Untergang um Hilfe. Aber niemand konnte sich erbarmen. Die Leute verschlossen ihre Ohren mit den Händen und rannten davon.

Das Gefühl, verwüstet zu sein, wenn man auf einmal viel Geld ausgegeben hat. Man fühlt sich häßlich. Wie nach einer Orgie?

Das Geld produziert eine Dimension des Schreckens, in der nichts vorkommt als das Geld selbst.

Geld gehört einem nie; es sei denn, es ist außer Kurs. Meint Meßmer.

Wir werden es weder verbrauchen, noch wird etwas übrigbleiben.

Das Stück Grün. Sofort die beschämende Empfindung: es gehört dir. Die schlimmste Wirkung des Kapitalismus: daß man glaubt, alles, was man bezahlen könne, gehöre einem.

Ich habe mehr Kleider, als ich brauche. Von mir werden Schuhe bleiben und Hemden wie neu. Ich habe mehr Raum, als ich brauche. Ich habe Angst, mir werde, was ich nicht brauche, genommen.

So lebendig bin ich. Und in Dublin. Und es ist, als genügte das nicht.

Mir tut die Commerzbank leid, bei der ich mein Konto gekündigt habe. So ist das.

Das Schönste ist doch die Lächerlichkeit. Eine Krone ist sie, die nicht wankt, so paßt sie auf deinen Kopf.

Hilflos bleiben, die meine Hilfe bräuchten.

Wie viele Zolas bräuchten wir pro Woche?

Jetzt kann ich wieder sitzen und die Wirklichkeit herunterlaufen lassen an meiner Ölhaut.

Ich möchte, daß die Abenteuer in Prosa stattfänden, nicht in Handlungen.

Durch Schreiben kann man das Denken verlangsamen. Wenn ich mein Denken heute nicht durch Schreiben bremsen würde, könnte es mich irgendwohin reißen, wo ich nicht hin will.

Nicht bleiben dürfen. Uneinverstanden mit dem, was passiert. Sich trotzdem nicht sträuben. Nicht besonders. Es soll aussehen, als fügtest du dich. Wer zufällig zuschaut, soll den Eindruck eines gelinden Verlaufs haben. Du spürst die Gewalt. Alles was du erlebst, ist Gewalt, Macht, Übermacht. Es geht nicht nach dir. Du gibst nach. Jeder wird erledigt. Dazu soll er nicken. Es ist eine schöne Geste. Wahrscheinlich kommt das aus England. Vielleicht gibt es unzumutbare Arten des Erledigtwerdens. Aber immer seltener. Hierherum kaum noch. Hier muß man wirklich nicken dazu. Stumm, aber nickend – das ist nicht zuviel verlangt.

In einem nassen Sommer soll man sich fragen. Ich schnappe nach Luft. Sauerstoff ist nicht alles. Unglück ist eine Blase. Wie leicht war es. Jetzt ist es verwirkt. Wann hätte ich noch etwas machen können? Zerrieben zu werden, nutzlos. Wie die meisten. Aber ohne Verständigung. Das ist es. Sprünge? Nein.

Graue Gesichter mit künstlichen Farben. Nachgemachtes Gewächs. Wir sprechen mit historischen Zungen und unter Glas. Unsere Haare ächzen so leise, daß wir es fast nicht mehr hören.

Himmel, ein unentspannbares Wort. Es gibt noch Potenzen. Wert sind sie nichts. Wir hätten uns gern kindlich. Auch schreien wir, allein.

Das Leben ist auf jeden Fall feierlich. Durch Kopfweh wird es noch feierlicher. Das meiste aber zur Feierlichkeit trägt die Kürze bei dieses Lebens. Ein Bedürfnis also nach Glockenton, nach Schwingen, Brausen, weithin Hallendem. Nie zu stillen. Alte Angst und schön. Jetzt lebe ich dahin, ganz ohne Graus.

Klingt die Zeit im Gewölbe der Nacht? Möchte etwas befreit sein? Meine Ohren täuschen sich gern. Sie übersetzen den Wind ins Deutsche und geben der Stille das Schlußwort.

Auch in seinem Zimmer wird er von seinem übermächtigen Gegner verfolgt. Er sieht ihn nicht. Aber er hört ihn.

Als er den Ton zum ersten Mal hörte, rannte er an alle Fenster, schloß sie und stellte fest, daß der Ton nicht von außen kam. Erst als er in seinem Bett tief unter Decken lag, stellte er fest, daß die Lautquelle nicht irgendwo im Haus war, sondern in ihm selbst.

Ich liebe die Unempfindlichkeit eines Freundes in manchem, in dem ich und meinesgleichen eine nichtswürdige Empfindlichkeit pflegen und auch noch stolz sind auf diesen Unwert und jeden bespötteln, der diese Monstrosität nicht hat.

Ich will nicht so sein, wie ich bin. So sind schon genug andere. Die sprechen sich andauernd aus. An ihren Aussagen über sich, die wirken wie Aussagen über mich, sehe ich, daß ich, so wie ich bin, nicht sein will. Vielleicht helfen mir die anderen zu einem Abstoß. Sie entbinden mich. Von mir.

Ich bin glücklich, lüge ich. Ich lebe in einer fröhlichen Glut, lüge ich. Jeder meiner Schritte weckt eine schuberthaft rauschende Sinntiefe. Ich gehe vors Haus, schon beugen sich die willkommensten Gelegenheiten von überall zu mir her. Lüge ich. Am lustigsten macht mich täglich die Erfahrung, daß es ohne mich nicht geht, lüge ich. Ich hätte nie gedacht, daß ich so wichtig bin, lüge ich. Jeder braucht mich. Ja so was! Nun nehmt mich doch nicht alle gleichzeitig an den Händen! Ich kann doch nicht alles auf einmal erfüllen! Aber sie lassen nicht ab von mir. Offenbar werde ich, so gehalten, 111 Jahre alt werden und keinen Tag müde sein. Unermüdlich werde ich allen Erwartungen genügen. Eine einzige Entsprechung wird mein Leben sein. Wie ich jetzt das Weinglas halte – es muß gleich zerspringen vor meiner Sicherheit. Es zerspringt nicht.

Laß uns einander anlügen, bis wir nicht mehr wissen, was ist. Ohne Schaden laß uns sein für einen Augenblick.

Eines hellen Tages Zorn. Schmerzloser Grimm. Wut, für die sich kein Anlaß findet.

Es würgt mich, als möchte etwas heraus, aber leerer kann nichts sein. Der Äußerungsdrang ist phantomhaft.

Ich wollte, alle Seiten wären voll und es hörte in meinem Kopf nicht mehr auf zu schneien, und weil alles verdorben wäre, verdürbe nichts mehr.

Der Verdacht, man habe eine Unglücksempfindung nur eigener Anmaßung zu verdanken. Oder haben sie einen schon so weit gebracht, daß man sich die Schuld für alles selber zuschiebt?

Blutend aus erdachten Wunden, Eis lutschend in der Parksonne, die Seele voll vom Comicstripmodell. Könnten wir nicht weiterfahren ins Bachmannland, wo keine Zimmer bestellt sind? Was blüht uns hier noch als dann und wann ein besiegtes Kind?

Die Selbstbeschuldigungsroutine und die Selbstrechtfertigungsroutine – es ist ein und dieselbe Routine. Zwischen Beschuldigung und Rechtfertigung kann ich keinen Unterschied sehen.

Das, was man auch sich selbst gegenüber verschweigen muß, ist die Wahrheit. Meint Meßmer.

Gegenüber Leuten, die ihm einigermaßen fremd oder vielleicht sogar unsympathisch waren, betonte er das Wenige, das er mit ihnen gemeinsam zu haben glaubte, so vehement, daß sie dann der Meinung waren, nie eine verwandtere Seele getroffen zu haben. So kam er eine Zeitlang zu Freunden.

Warum kann man nicht allen, die man hochachtet, das gleich gut sagen? Manchen gönnt man einfach nicht, daß man sie achtet.

Der Vorbehalt ist mein wirkliches Leben. Er sitzt mir im Kopf wie eine heiße Klemme.

Daß ich's nicht merken lassen darf, ist mein Stoff. Die Verstellung bis ins Allerletzte. Und das ohne Lüge, ohne Falschheit. Ich muß einfach anders sein, als ich bin, dann ist Verstellung überflüssig. Wenn die Wahrheit Ruin wäre, muß sie gemieden werden. Das tendiert zum Theater.

Man kann sich darauf verlassen, daß das, was ich sage, um so weniger meine Meinung ist, je heftiger ich es sage. Ich wundere mich selber darüber, wie ich mich anstrenge, etwas zu beweisen, was ich selber nicht glaube. Und weil ich, was ich beweisen will, selber nicht glaube, ist es so anstrengend, es zu beweisen. Geht es anderen anders?

Immer wenn ich Nein sagen will, sage ich Ja. Das ist vorwegtrainiert, eingeübt. *Nein* wird schon im Vorfeld der Sprache *Ja*. Es bedarf dazu keiner Mitwirkung meinerseits.

Ich sage, wenn es irgend geht, jedem immer gleich etwas, was der eigentlich gern hören müßte. Es gibt welche, bei denen ich nichts dergleichen weiß. Dann bin ich blamiert.

Wenn man alles zusammennimmt, hat der andere mir viel weniger gesagt als ich ihm. Immer das gleiche Defizit in der Außenbilanz. Weil ich nicht warten kann. Weil es mir zu schnell peinlich ist, wenn keiner etwas sagt. Weil ich alles zu ausführlich beantworte. Weil ich glaube, ich sei verantwortlich für das Gespräch. So erfahre ich nie etwas und sage immer mehr, als ich zu sagen habe.

Es wäre zu peinlich, wenn ich durch Verhalten dartäte, daß ich registriert habe, wie über mich befunden wurde.

Man muß sich durch Hingehen unterwerfen. Aber nur so, daß man glaubt, man heuchle, man spiele den, der die Beleidigung gar nicht bemerkte. Man spielt den, der vor lauter Breitbeinigkeit gar nicht zu beleidigen ist. Man unterwirft sich nicht wirklich, denkt man. Aber Hingehen heißt, sich unterwerfen, egal was man dabei denkt.

Er ist wirklich hinausgerannt, früher, barfuß, das Hemd weit offen. Er hat nicht aufgepaßt. Er hat drauflosgeliebt. Frauen, Männer, Motorräder, egal. Es ist ihm nicht bekommen. Es war falsch. Er hockt auf dieser Klippe in der Großstadt. Er versucht, mit wenig Atem auszukommen. Es lohnt nicht, diese Luft zu atmen. Gegen seinen Willen ging er in das nächste Telefonhäuschen und rief seinen Freund N. an. Er sei zwischen zwei Zügen hier am Hauptbahnhof, wolle aber wenigstens angerufen haben. N. spricht oberflächlich, ganz unbeteiligt, läßt merken, wie sehr ihn der Anruf störe. Er will gerade essen gehen mit Leuten. Ja, ja, sagt Meßmer ganz schnell, es sei nur so eine Routineregung gewesen, kommst du nach X, rufst du N. an, also das sei es gewesen, mach's gut.

Und hängte auf. Er spürte, wie es in ihm alles zusammenzog. Er war einverstanden mit dieser schmerzlichen Konzentration. Möglichst schnell möglichst klein werden. Winzig bis zur Unangreifbarkeit. Er setzte sich auf die Bahnsteigbank. Es dauerte fast eine Stunde, bis er den Krampf sich lösen lassen konnte; bis er fähig war, dem Schmerz nicht nur offen standzuhalten, sondern ihn zu begrüßen. Laß es ruhig weh tun. Laß einfach dem Schmerz sein Recht in dir. Sei bloß nicht gegen Schmerz. So eine Lebenskolik auf einer Bahnhofsbank ist fast das Schönste. Schmerz – das ist die vierte Kunst. Nach Musik, Malerei, Dichtung. Vielleicht sogar die erste. Ja, die erste. Gibt es etwas, das man mehr erleben könnte?! Tiefer?! Inniger?! Du mußt nicht reisen, rennen, reden, du darfst auf der Bahnhofsbank sitzen und den gestaltreichen, spannungsvollen, unendlich vielfältigen und scharf und hell strömenden Schmerz erleben. Glücklicher! Du wolltest klagen und jetzt mußt du preisen. Dich glücklich preisen mußt du.

Ich kann mich beherrschen. Ich kann zufrieden sein. Ich kann versuchen zu reden wie ein Übermütiger. Ich kann allein sein wie ein Stein.

Er hat einmal angefangen, den anderen zu beleidigen, nur um nicht den Eindruck zu erwecken, daß er sich bei dem einschmeicheln wolle. Er wollte sich nämlich bei dem einschmeicheln. Sobald Dr. N. auftauchte, spürte Meßmer den Zwang, sich bei dem einzuschmeicheln. Dafür genierte er sich so, daß er, ehe er sich überhaupt entscheiden konnte, dem einen feindseligen Satz zurief. Es war bei einer Tagung. Dr. N. kam ins Frühstückszimmer. Meßmer rief so, daß es die anderen hören konnten. Er kam sich tapfer vor. Bitte, hört es alle, ich beleidige Dr. N., ich schmeichle mich nicht ein! Was er rief, war etwa das: Ach, jetzt weiß ich, warum ich heute nacht so schlecht geträumt habe, SIE waren im Haus! Ich glaubte, Sie träfen erst heute ein. Jetzt ist mir natürlich alles klar. Mit Ihnen unter einem Dach, das kann ja nicht gutgehen! Dr. N. sagte nichts, er lächelte nur. Meßmer wollte, daß sich Dr. N. zu ihm an den Tisch setze. Nur deshalb hatte er ihn angesprochen. Das aber durfte er nicht merken lassen. Also mußte er ihn beleidigen. In größter Erregung schlang er das Frühstück hinunter. Er saß allein an seinem Tisch. Dr. N. saß bei den anderen. Sie brachen immer wieder in helles Gelächter aus.

Daß man, auch wenn man sich vornimmt, genau das zu vermeiden, bei den Sätzen landet, die den anderen am meisten verletzen! Es ist, als wolle man sich noch mehr verletzen als den anderen. Das tut man ja auch dadurch, daß man beim anderen den Eindruck hinterläßt, man habe nichts anderes vorgehabt, als ihn zu verletzen.

Wir können nicht weiterleben, wenn wir jetzt nicht sofort losschlagen auf den, der gerade auf einen anderen eingeschlagen hat und jetzt eine Pause macht, eine Atempause. Es gibt natürlich auch Zweikämpfe. Das ist eine Art des Schlagens, die als akzeptabel empfunden wird. Es gebe Regeln, heißt es. Einer könne sogar gewinnen, heißt es.

Wenn mir ein Gesicht ohne jedes Lächeln und ohne jede Kälte gelänge. Wenn mir die vollkommene Unbeflissenheit gelänge. Mein Gesicht ist viel zu beweglich. Es gleitet andauernd hin und her, drückt andauernd etwas aus. Meistens das, was man von ihm erwartet. Es ist immer beflissen, überbeflissen.

Er muß also hin. Bitte, denkt Meßmer, jetzt spielt er denen einmal den Unterlegenen, Untergebenen, Ergebenen, den überhaupt nicht in Frage Kommenden. Und unheimlich schmeicheln wird er denen. Bis alle nur noch lachen und sagen: Nein, nein, nein, hör jetzt auf damit, das ist wirklich zuviel. Er tut es also. Keiner lacht. Keiner bittet ihn, aufzuhören. Keiner sagt, es sei wirklich zuviel. Noch nie war die Stimmung so gut. Noch nie waren sie so freundlich zu ihm. Meßmer beschließt, bei dieser Rolle zu bleiben.

Er glaubt jedesmal, dieses Mal gehe es endlich gut. Und gerade dieses Mal geht es schief. Allerdings auf eine völlig neue Art. Das ist für ihn das Interessante: Wenn er sich vorbereitet, den Fehler, den er das letzte Mal gemacht hat, zu vermeiden, passiert ihm ein ganz neuer Fehler. Er scheint einen unerschöpflichen Vorrat an höchst persönlichen Fehlern zu haben. Wie viele noch, möchte er jedesmal fragen. Aber das wäre auch ein Fehler.

Für Geschenke, die mich nichts angehen, kann ich leicht danken. Wenn mir aber jemand etwas schenkt, was mir, wenn ich es nicht hätte, fehlte, fällt mir das Danken schwer. Ich bin dann erbittert, gelähmt, ertappt.

Meine Fähigkeit, an Beziehungen zu glauben, schwindet rasant. Ich halte mich drastisch zurück. Es kann sich nicht um eine Einbildung handeln. Meine Zurückhaltung wird erwidert.

Um seinetwillen wendet sich jeder an mich. Um meinetwillen antworte ich. Das Gespräch ist eine Fiktion.

Was mich besonders erbittert – daß der Kontakt mit anderen nicht gelingt, obwohl ich alles, was ihm schaden könnte, verschweige.

Wenn alle ihn behandelten, wie er alle behandelt? Wäre er da nicht verloren?

Wenn ein anderer tut, was ich gern getan hätte. Wie ich es verurteile, wenn es ein anderer tut.

Um sich zu unterscheiden, müßte man nicht anders denken, sondern anders sein, denkt Meßmer.

Wer anfinge, sich zu erkennen zu geben, müßte damit rechnen, verlacht zu werden. Wer solche Bedenken hat, fängt nicht damit an.

Du gehörst nicht zu denen, zu denen du dich zählst. Wo du angetroffen wirst, dahin gehörst du.

Unter denen, die Wörter gebrauchen, gibt es keinen Unterschied.

Ich habe immer nach einem Auskommen mit allen gesucht. Jetzt stellt sich heraus, daß das ins Unerträgliche führt. Man erträgt sich selber nicht mehr. Man kommt nicht mehr aus mit sich.

Man achtet nicht sich, sondern die, denen man gefällig sein möchte. Eigentlich ahnt man schon, daß sie einen jetzt eher verachten als lieben müssen. Und was für Leute wären das, wenn sie einen jetzt noch lieben könnten?

Er fühlte sich entwertet wie der vor der Sonne fliehende Mond.

Wir müssen hoffen, daß wir verachtet werden. Würden wir geehrt, das würfe ein schlechtes Licht auf die Zukunft.

Wir sind alle glücklich, wenn wir nichts miteinander zu tun haben.

Ich bin kein Wärmeleiter. Mehr. Meint Meßmer.

Je weniger ein anderer mir schaden kann, desto weniger schadet er mir.

Wenn sie vernichten können, vernichten sie.

Es gibt keine Nähe zu anderen, die nicht zur Feindseligkeit führt.

Umstellt von Achtlosen, die dich beiläufig verprügeln.

Wenn es dir gelingt, auf der Flucht komische Bewegungen zu machen, bleiben sie vielleicht stehen, um zu lachen. Diesen Moment mußt du nutzen, um wirklich zu entkommen. Gelingt es dir nicht, deine Verfolger zum Lachen zu bringen, hast du keine Chance.

Wenn alle so wären wie ich, wäre es furchtbar. Wenn nicht alle so wären wie ich, wäre es auch furchtbar.

Ich bin auf eine gute Meinung von mir angewiesen.

II

Ich bin durch Widerspruch geworden, was ich bin. Dem wurde widersprochen. Dem widersprach ich. Aus mir spreche nicht ich, sondern der Widerspruch.

Auch wenn andere einen zwangen, sich gegen sie zu wehren, also auch wenn man in der Abwehr das Gegenteil tat von dem, was sie von einem wollten, hat man, wenn man's nachträglich betrachtet, getan, was sie wollten. Auf jeden Fall hatten sie einen größeren Einfluß auf einen als man selbst. Ist das, womit man sich gewehrt hat, etwas Anschaubares, wird es einem nachträglich leicht widerlich.

Er kann nicht so gut kämpfen wie sein Gegner, weil er gegen das Gute kämpft, sein Gegner aber gegen ihn.

Er beschließt, sich jetzt nicht mehr anzupassen. Er will endlich er selber sein. Von jetzt an tut er das Gegenteil von dem, was man von ihm erwartet. Er merkt, daß er nicht das tut, was er will, sondern nur das Gegenteil von dem, was man von ihm erwartet.

Ich könnte auch, und zwar in jedem Augenblick, den von allen Seiten andrängenden Einwänden, die sich nicht einmal legitimieren müssen, nachgeben. So entstünde endlich eine Bewegung, die, da sie andauernd gehemmt wird, nicht oder nicht gut vorankäme. Je nach den inneren Lichtverhältnissen, ein reizender Eindruck.

Ich bin sehr klein geworden. Die Leute bleiben stehen und schimpfen. Sie bücken sich nicht so gern. Ich habe sie betrogen. Der Abstand von mir zu mir wird auch immer größer. Die Leute verwechseln uns miteinander. Noch schlimmer: sie identifizieren mich mit mir. Und ich soll ihnen recht geben. Ich werde mich also auch mit mir identifizieren. Eine peinliche Fusion. Den Leuten zuliebe.

Plötzlich ist einer sehr groß, der gerade noch ganz klein zu sein schien. Dann erfährt man, daß er sich schon immer für so groß hielt. Das überzeugt. Und ist unnachahmlich.

Wenn eine ganze Serie von Ereignissen plötzlich beweist, daß man viel zu harmlos war, alles falsch verstand, überhaupt nicht bemerkte, was wirklich vorging.

Bei jedem polemischen Satz, egal wo er ihn las, egal von wem gegen wen geschrieben, mußte er probieren, ob diese Formulierung auch gegen ihn selber passe. Das war der Effekt der Polemiken, die wirklich gegen ihn gerichtet gewesen waren. Alles Polemische – das war jetzt sein Eindruck – zielte auf ihn.

Wenn man bemerkt, daß jede unwillkürliche Reaktion bei einem selbst zuerst eine boshafte, bösartige ist, kann man noch versuchen, mit dieser Reaktion nicht einverstanden zu sein.

Wie man sich neigt und zum Verteidiger der Bösartigkeit wird: der Mitläufer von heute.

Einen, den man nicht mag, auf einen hetzen, den man auch nicht mag, wenn man weiß, daß die einander nicht mögen: man bräuchte weniger Kraft. Meint Meßmer.

Ich bin nicht böse genug, also auch nicht gut genug.

Darunter leiden, daß man zu wenig Verbrecher ist. Man kann nichts begehen. Brav zum Ersticken. Unfähig zur erlösenden Gemeinheit.

Was für ein Segen, daß man nicht angewiesen ist auf das Gute, das Glück, das Richtige! Man kann auch im Verkehrten, Schrecklichen sein Auskommen finden. Man kann alles machen. Man ist Herr des Ermessens.

Haben wir uns nicht alle Instanzen unter den Nagel gerissen?

Einerseits zu Tode erzogen, andererseits ohne wirkliche Moral. Vielleicht ist er nicht im mindesten moralisch. Unfähig dazu. Verglichen mit anderen. Die Hoffnung, andere seien in Wirklichkeit auch so, ist ein Beweis seiner Unempfindlichkeit.

Manchmal spür ich einen brennenden Mangel an Mitgefühl.

Unsere Feinde sind unsere wirklichen Freunde. Sie machen uns das Sterben, das als schwer gilt, leicht!

Wie soll man sich den Feind vorstellen? Am besten wäre es, wenn man ihn von sich selbst überhaupt nicht unterscheiden könnte.

Es ist viel zuwenig Platz im Bewußtsein. Man ist festgelegt auf die Stelle, auf die die Schläge fallen.

Eine Schmähung muß man willkommen heißen wie etwas Wärmendes.

Wenn man gestürzt ist, hinkt man, auch wenn einem nichts weh tut, unwillkürlich. Wenn man hinkt, tut einem unwillkürlich etwas weh. Jetzt beginnt man zu klagen.

Jemand, der sich lange nicht um dich gekümmert hat. Dann dringt er ein, vehement, und tut so, als gehöre man zusammen. Das finde ich quälend. Ich habe unter seiner Abwesenheit gelitten. Er nicht unter meiner. Ich leide deshalb auch unter seiner Anwesenheit. Er genießt beides, meine Ab- und meine Anwesenheit.

Wenn man in Not ist, geht man großzügig um bei der Einschätzung möglicher Hilfsquellen. Man mutet es in Gedanken halbfremden, völlig uninteressierten Menschen zu, einem zu helfen. Man denkt sie sich so zurecht, daß es völlig unverständlich und geradezu skandalös wäre, wenn sie nicht alles einfach liegen ließen, um einem zu Hilfe zu kommen. Stellte man sich eine Sekunde lang vor, wie überrascht man wäre, wenn man von diesen Leuten zu Hilfe gerufen würde, dann wüßte man, wie illusionär es ist, von diesen Menschen Hilfe zu erwarten. In Not sein heißt, sich Illusionen machen.

Daß der nicht davon anfängt! Man ist auf eine unheimliche Weise sicher, daß der davon anfangen müsse. Aber der denkt überhaupt nicht daran, davon anzufangen. Wenn man wenigstens wüßte, ob der tatsächlich nicht daran denkt oder ob er die ganze Zeit daran denkt, wie wichtig es einem wäre, daß er davon anfange, und eben deshalb fängt er nicht an davon. Aber das weiß man eben nicht. Und man ist nicht der, der davon anfangen kann, sondern der, der darauf angewiesen ist, daß der andere davon anfängt. Man ist der Ohnmächtige. Der andere ist der Mächtige. War man der auch schon?

Daß man meint, die anderen müßten teilnehmen an dem, was einen selber trifft, ist ein Gefühl von früher, als man noch in der Herde oder Horde wohnte und die Schnauzen aneinander rieb. Noch lebt der Instinkt, der diesen Kontakt sucht. Dann findet er nichts.

Die Geschichte des unglücklichen Bewußtseins. Es gibt keinen Vorwurf, keine Schuld, nicht einmal ein Bedauern. Und es gibt keinen Reichtum, keine besondere Helligkeit! Es gibt nur Splitter, die man nicht zusammensetzen darf zu einem Bild. Sie müssen Splitter bleiben. Es gibt auch keine Geschichte.

Die Indianer quälten einander, weil es weniger weh tut, sich vom Bruder und vom Freund freiwillig quälen zu lassen anstatt vom Feind. Das Quantum Schmerz kennt man dann, ohne schon die Qualität des Schmerzes, die einem der Feind zufügen wird, ertragen zu müssen. Wenn man gelernt hat, das Quantum zu ertragen, kann man sich im Ernstfall ganz gegen die Qualität des vom Sieger zugefügten Schmerzes wappnen. So fremd kommt einem diese Praxis nicht vor, auch wenn wir unsere Übungen nicht mit dem Messer bestreiten.

Nach Dornen, die, solange man sich nicht rührt, nicht ins Fleisch eindringen, sehnt man sich. Inmitten einer Drohung zu sitzen, die warten kann. Etwas, was sich nicht auf einen zubewegt, ertrüge man. Eine Situation, die sich ohne eigenes Zutun nicht zum Schlimmeren ändert, kann man, auch wenn sie nicht angenehm ist, lange ertragen. Auch Bewegungen, die der Verbesserung zu dienen scheinen, sind, weil sie, wie jede Bewegung, zum Schlimmeren führen können, zu unterlassen. Alles ertragen, alles unterlassen.

Ich habe meistens nicht den Mut zur Empfindung. Ich muß von mir immer noch etwas mehr verlangen als bloße Empfindung. Die dadurch notwendig werdende Arbeit erbringt dann – und das ist wichtiger als das immer schwankende Ergebnis – eine Art Ermüdung. Unermüdet ertrag ich mich nicht.

Ich versuche, so gut es geht, den Bedeutungen auszuweichen, die aus allem Begegnenden auf mich zukommen. Oder, genauer: Ich weiche nicht aus, sondern biege die Bedeutungen so, daß sie für mich erträglicher werden.

Früher oder später wird alles Kunst.

Ich möchte in meinem Zimmer bleiben dürfen und keinem Menschen sagen müssen, warum ich nicht hinaus will. Ich weiß, warum ich nicht hinaus will. Aber meine Gründe sind so lächerlich, daß ich sie höchstens auf einer Folter gestehen würde.

Ich möchte das und das nicht sehen. Die Vortrefflichkeit von Joyce ist mir schnuppe. Ich sinke irgendeinem Fernsehen entgegen.

Ich wohne günstig. Beim kleinen Schmerz.

Von meinem Schmerz kann ich nicht reden, er ist zu klein. Aber schweigen kann ich von ihm.

Wenn der Schmerz nachließe, würdest du dann gefälligst glücklich sein? Ja.

Ich nütze euch nichts. Ich erwarte euren Bescheid.

Inzwischen haben schon die Nützlichen zu wenig zu tun. Ich bin dadurch nicht noch unnützer geworden, nur noch überflüssiger.

Ich will den Eindruck erwecken, ich habe gelebt: Ich kenne das Gefühl, wenn man nichts machen kann.

Man könnte. Aber man kann nicht.

Auf jeden Fall werde ich, oder wenigstens will ich, wenn nicht, dann doch, allerdings müßte ich, und kann nicht.

So sichtlich Ausflüchte machen. Offenbar sind wir Angeklagte. Es ist uns egal, daß man uns nicht glaubt. Um unseretwillen müssen wir lügen.

Man bremst sich andauernd im Vorgehen gegen sich selbst. Man stellt das Verfahren ein, weil man Angst hat, es könne zu weit führen.

Je ernster er den Prozeß gegen sich betreibt, desto unernster meint er es.

Ich bin gesund bzw. krank.

Laß dich in Ruhe.

Ein Leben darf man führen. Dagegen sagt fast keiner was. Selbst Doppelleben sind unter Umständen erlaubt. Aber dann hat sich's. Dann mußt du verheimlichen. Vor allem vor dir.

Oft verabrede ich mich mit mir und gehe nicht hin. Hoffentlich sterbe ich weg, bevor ich mir sage, was ich von mir denke.

Wenn ich jetzt schlagen dürfte, zuschlagen, bis mir die Hände so weh täten, daß ich nicht mehr weiterschlagen möchte.

Den ganzen Abend, das heißt zirka drei Stunden, saß ich und trank langsam eine Flasche Macon 1970 und stellte das Glas nicht ein einziges Mal auf den Tisch, weil ich es in der Hand behalten wollte, um es jederzeit an die Wand werfen zu können.

Den Unglücklichen erreicht niemand. Er zollt keinen Respekt.

Ich will den nicht mehr sehen. Und den nicht. Ich verachte das angebliche Lächeln dieses Herrn. Und das begeisterte Quieksen jenes Herrn. Und die hinterfotzige Liberalismusliebe wichtigtuerischer Republikaner. Ich will nirgends sein. Weder dabei, noch nicht dabei. Ich suche keine Gründe, mich zu hassen. Ich muß versuchen, mich zu lieben, mich zu ertragen wenigstens, es ohne weiteres auszuhalten mit mir. So wie dieser Herr und jener Herr mich sieht, bin ich unerträglich. Wenn ich allein bin, ertrage ich mich. Wenn andere da sind, wird in jeder Sekunde Ungutes für Stunden produziert. Fahren wir fort. Nächste Woche. Aber doch nicht mit einem Schicksalsgenossen. Bloß keine Parallelen. Nichts ist so beschämend wie Parallelschicksale. Da denen gegenüber die zärtliche Voreingenommenheit wegfällt, tritt der verachtenswerte Befund blank hervor und die Einsicht, daß man genauso ist, wird unabweisbar. Herbsttage. Prosatage. Es riecht feucht, dunkelgrün. Überall die Leichenfeier. Blätterflammen. Wir bitten um Nebel. Lieber Winter, sei so gut und schließ mir die Augen mit eindeutigem Weiß.

Die Wände seines Zimmers sind mit der Zeit immer runder geworden. In seinem Zimmer lebt einer, der heißt Scardanelli. Vorname: Immerschon. Bedauernswert, dieser Immerschon Scardanelli. Aber natürlich nicht so bedauernswert, wie es wäre, wenn Herr Immerschon Scardanelli früher Hölderlin geheißen hätte.

Man wohnt in einer Maschine, hat trockene Schleimhäute, das Licht sticht in die Augen. Wenn die Heizung einsetzt, zittert das Haus, die Saurierseelen brüllen im Kamin hoch und streuen sich über das Land als schadenfrohen Ruß.

Eine Menge Verwandter kommt abends ins Zimmer, saugt Staub, wendet sich mir zu, ich schlage vor: Seid sorgfältig. Vergeßt mich nicht.

Den Ausschlag gibt, wonach man sich sehnt. Ich wage nicht, selbständig zu sein. Unabhängig käme ich mir verbrecherisch vor. Für mich spricht nichts als die Leiden meiner Vorfahren. Ihr gespartes Leben gebe ich aus.

Der größte Luxus ist die Majorität. Da könnte ich auch aufleben, wenn ich die Majorität hätte. Das Zustimmungsproblem ist ein großes. Kaum hat man nicht die Majorität, fehlt einem etwas. Schon raucht man zuviel, schläft schlecht, erleidet Schweißausbrüche, hat Angst. Ich gab dem Arzt meine Diagnose: die fehlende Majorität. Ich sah schon an seinem Gesicht, daß ich seine Antwort nicht ertragen würde, also sagte ich: Zurück! Zurück zum Verbrechen, zur Glasbauweise, zur Verallgemeinerung des Anliegens, zur Öffentlichkeit der eigenen Not . . . Der Arzt unterbrach. Das Wetter, sagte er, laß das Wetter nicht außer acht! Beziehungsweise die Sprache, sagte ich. Die Sonne scheint durch die Wörter, sagte er, was willst du mehr!? Die Majorität, sagte ich. Seine Verachtung spürend wie eine Medizin, verabschiedete ich mich.

Das Höchste: wenn es gelänge, die eigene Person statt als Hauptperson als Nebenperson darzustellen.

Ich müßte mich einziehen wie eine Angelschnur und verstreuen oder liegenlassen, es ist gleich, mir fehlt jetzt der Mut, den man braucht für einen Sinn.

Wenn ich aus einem oder aus mehreren Zimmern von glücklichen Bewegungen berichten könnte, würde ich es tun.

Der Einzelne ist ein Idiot, den man von hier nach da tragen kann.

Falls es noch etwas anderes gab, war er nicht mehr fähig, das zu empfinden. Kälte und Gehässigkeit, das war alles, was er empfand. Rundum. Und in sich. Da es nun so war, fand er, es sei unwichtig, darüber nachzudenken, ob die Kälte und Gehässigkeit rundum der Kälte und Gehässigkeit in seinem Inneren vorausgegangen sei. Natürlich hätte er sich lieber schuldlos gesehen an der Kälte und Gehässigkeit, von der er sich ausgefüllt, ja beherrscht fühlte. Aber er traute sich nicht, den Richter zu spielen. Er würde ohnehin an dieser Kälte und Gehässigkeit zugrunde gehen. Die Einwirkung auf seine Organe wurde täglich spürbarer. Diese Einwirkung war nicht zu mildern, solange Kälte und Gehässigkeit eine Art absolutes Klima bildeten. Und dieses Klima, wer auch immer es verursacht haben mochte, war unabschaffbar. Er hätte gern geglaubt, er allein sei eine Art Opfer dieses Klimas. Aber wie sollte er wissen, ob nicht drei Straßen weiter auch jemand genauso saß wie er und darüber nachdachte, welchen Anteil T. H. Meßmer an seinem Dasitzen habe.

Es ist überall kalt, habe ich gefunden. Aber beweisen kann ich es nicht.

Ich habe jetzt Gründe, zu Hause zu bleiben. Nicht, daß ich genug gesehen hätte. Niemand hat genug gesehen. Jeder zuviel.

Ich darf kein Messer anschauen. Das ist, glaube ich, mein Interesse: den Anblick eines Messers meiden. Vor allem den dieses spitzen, scharfen, leicht gebogenen Briefmessers. Jetzt habe ich schon drei davon. Mein Büroartikellieferant schenkt mir zu jedem Weihnachten ein neues. Als wolle er mich immer wieder an etwas erinnern.

Meßmer behauptet, nicht immer feindselig gewesen zu sein. Er sei so geworden, so gemacht worden. Er droht. Das ist seine Lieblingsstimmung: zu drohen. Andererseits würde er gern in der Friedensbewegung mitarbeiten. Aber er findet, er habe, so wie er gestimmt sei, kein Recht, als Friedensfreund aufzutreten. Wenn ihn jemand zu gewinnen sucht, sagt er: Ich bin leider ein Feind.

Wenn er droht, nimmt niemand ihn ernst. Drohungen glücken ihm nicht.

Wenn ich toben würde, würde ich, wenn ich ausgetobt hätte, die Scherben sorgfältig zusammenkehren.

Hat nicht jeder Vater eine Peitsche in der Hand und jagt zum Tor hinaus die Kinder, die noch bleiben wollen?

Gibt es Gelassenheit? In der Todesnähe. Aber im prekären Augenblick, im Augenblick der Niederlage, denkt man immer zu spät an den guten, braven, lieben, herrlichen, gütigen, sanften, wunderbaren Tod. Zuerst herrscht der Lebensschmerz. Bis man an den Tod denkt, ist es schon wieder zu spät. Für Gelassenheit.

Man hat, wenn man den Tod dem Leben vorzieht, sich selbst einen Gefallen getan.

Wenn einer schreit, bis er stirbt. Wenn er sich überhaupt nicht fügt. Wenn er protestiert, solange er kann. Wenn er überhaupt keine Fassung findet. Wenn er nichts als seine Angst hinausbrüllt. Wenn er nur noch von seiner Feigheit quatscht. Wenn er brüllt, er wolle, bevor er verrecke, noch die Welt in die Luft sprengen. Wenn er brüllt, er werde es nicht zulassen, daß ihn auch nur ein einziger Mensch überlebe. Wenn er sämtliche Schallplatten, die er erreichen kann, zerbricht. Wenn er keinem die Illusion läßt, er könne Abschied nehmen von ihm. Wenn er verlangt, alle müßten ununterbrochen um ihn herum sein. Wenn er jeden anspuckt, der sich ihm nähert. Wenn er verlangt, alle sollten sich sofort die Pulsadern öffnen. Wenn er sich unmöglich benimmt. Dann benimmt er sich richtig. Angemessen.

Wenn er das nächste Mal stirbt, wird er Kopfhörer aufsetzen und die 3. Symphonie von Bruckner laufen lassen. Dadurch könnte sein eigener Tod ein bißchen größer werden, er würde nicht mehr nur ihn angehen. Einem allgemeinen Tod zuhörend, würde er in den eingehen.

Übertrieben alles, was sich nicht auf den Tod bezieht; was den angeht, kann man nur untertreiben.

Eingeklemmt zwischen Leben und Tod rühr ich mich nicht.

Von der Sucht zu leben, muß man sich entwöhnen wie von anderen Süchten auch.

Ist es nicht besser, in einem Alter zu sterben, in dem man noch nicht damit rechnen muß?

Verbissen ins Leben. Man muß es mir aus dem Maul reißen, auch wenn die Zähne mitgehen.

Wenn man der Vernichtung näher kommt, versucht man sich – obwohl das unmöglich ist, und man weiß das – vertraut zu machen mit ihr.

Was deine Hosen angeht, könntest du noch länger leben. Es fehlt der Mut.

Daß er gelebt hat, gibt keiner zu. Mit einem Kinderfinger zeigt er auf weiße Flecken, da war er noch nicht. Einen zu rufen, unverrichteter Dinge! Fluchend ab.

Was ich bereue: daß ich anderen Opportunisten die Hand gab, meine Verachtung verschwieg, freundlich war, wo ich hätte schreien müssen.

Das Bewußtsein seiner Unfähigkeit breitet sich so langsam aus in ihm, daß zu hoffen ist, es werde ihn erst kurz vor seinem Tod vollkommen ausfüllen.

Als Tier würdest du jetzt eingehen. Sitzen, keine Beute mehr. Du wüßtest nicht, wie alt du bist, aber um so genauer würdest du dein wirkliches Alter zugeben.

Der Blick sinkt, bis du nichts mehr siehst als die Spitze deines Schuhs.

Wenn du nur noch in eine Richtung schauen kannst, ist es aus.

Ich schaue dem Tod ins Gesicht und sage: es gibt dich nicht.

Wie noch beauftragt, unterscheidet dein Gehör alles, was kommt. Die Augen zweifeln schon an ihrem Geschäft. Dein Herz sammelt die Schwere, der es erliegen will.

Die Last regiert die Stunde. Ich wiege etwas mehr als die Welt.

Damit man ihn nicht verfehle, ist es ein gleißender Draht, auf dem getanzt wird. Er führt über einen leuchtenden Abgrund, und der Himmel über allem glänzt. Geblendet auf jeden Fall setzen wir Schritt für Schritt in den Raum der Angst.

Der Angsttyp redet, als gehöre er zu einem Schwall Wassers, der die Öffnung, durch die er hinuntergurgelt, schon erreicht hat.

Auf diesem Draht kann man sich nur halten, solange man sich vorwärts oder rückwärts bewegt. Wenn man ein einziges Mal aufgehört hat, sich zu bewegen, rudert man gleich mit den Armen durch die Luft und weiß, daß das die Sekunden vor dem Sturz sind, ja, daß die durch die Luft schlagenden Arme schon zum Sturz gehören.

Er ist nachlässig, brutal, hilflos, und unsicher im Gebrauch einfacher Instrumente, aber fähig, jedem Winter schluchzend zuzusehen.

Wehe mir, wenn ich Konsequenzen aus mir ziehe.

Schweigen, meiden, fortbleiben. Nur ein langsames Schwirren im Kopf. Zur Verhinderung klaren Bewußtseins. Ich will absehen von mir.

Ich gebe alle Tätigkeit auf. Ich spüle mich hinab. Die Lippen haben sich zwischen die Zähne geworfen, weil dieses rasche und harte Aufeinanderschlagen der Zähne nicht zu ertragen war. Solange ich noch sexuell tendierte. War es da nicht schlimmer? Nur für die anderen. Auswanderungsspiele also. Plünderung ärmerer Siedlungen. Überfälle auf Babystationen. Dynamit in junge Fischzüge. Abhacken der rechten Hand mit Hilfe der linken. Der Rechtshänder kann sich nur die Linke abhacken. Also weiter so: ohne alle Zustimmung tropft dein Abenteuer von deiner Bewußtseinsdecke zu deinem Bewußtseinsboden. Der Titel dieses Romans: Der Stalaktit.

Ich wünschte, ich wünsche, ich zähle die Wünsche, probiere sie an und lasse sie ändern, ich trage nur passende Wünsche. Ich wage es nicht, mich zu erkälten.

Nachts wenn man aufwacht und auf den Abort geht, ist man so empfindlich wie Rilke, als er die Duineser Elegien anfing.

Wer so leicht wäre wie. Aber wer ist so leicht. Ledige gehen von sich weg. Gebundene gehen unter in sich. Eigentlich kommt keiner davon. Ich möchte gestern ein herbstliches Rennen geritten haben. Querfeldein, und nebelnaß und dünstereich zurückgekehrt an ein Feuer mit Holz und Kessel und unverfänglichen Reden. Müde bin ich auch. Aber von was!

Versehrt vom Christentum, stand er seinem Körper unversöhnt gegenüber. Er versuchte, sich immer wieder zu täuschen, wollte wirklich klein beigeben, zufrieden sein – umsonst. Er konnte sich nicht abfinden mit seinem Körper. Mit all dem Drum und Dran. Alles Körperliche wurde ihm eine unerschöpfliche Quelle des Mißvergnügens. Tod und Teufel, das war sein Körper, sonst nichts.

Ich schäme mich und wage nicht zu gestehen, für was.

Niemals wird man mich dazu bringen zu glauben, ein katholischer Geistlicher könne lügen.

Umwege, so weit, daß man nicht zurückkehrt auf die Hauptstraße und sogar vergißt, daß man abgebogen ist. Wenn man lange genug dem Nebenweg folgt, wird er der Hauptweg. Zum Glück verliert sich alles. Die Ansprüche schrumpfen schnell. Aber da sie riesig waren, ist auch noch nach Jahrzehnten etwas übrig von ihnen. Und von den ältesten, den frühesten und irrsinnigsten am meisten.

Wir können uns nicht frei fühlen. Entlaufene Sklaven. Im Dunkel kauern. Voller Angst hoffen wir, der Herr verfolge uns.

Karfreitag, Name einer Flüssigkeit, die sich durchs Jahr hinzieht und aufgeleckt werden muß jeden Tag.

Gegen Abend geht ein Farbiger frierend an deinem Fenster vorbei. Das Mädchen lacht immer noch wie vor vier Stunden. Das Grün der Bäume droht unverständlich. Wer lebt, hat nichts davon.

An einem solchen Enttäuschungstag muß man konsumieren. Etwas Neues, bitte. Etwas Glänzendes. Teures. Auf daß eine Ruhe ist an der Existenzfront. Ich bin der König von Thule.

Das Treiben rast in seine letzte Bahn. Wolkenrauch stiebt runter. Die Augen färbt jeden Endes krasse Unerwartetheit.

Schnell und unbestimmt, heiß von Willen und Leere, angestrengt vom Ende, kippen wir uns in den Grund.

Ohne Hoffnung, ergreift dich Geschäftigkeit.

Es rutscht zumindest. Und immer schneller. Kein Wunder, daß du bei dieser Geschwindigkeit allmählich glaubst, es handle sich um einen Sturz. Kein Wunder, daß du dich halten willst, daß dir das, so wild du auch um dich greifst, nicht gelingt. Überhaupt: kein Wunder.

Wenn ich etwas zu mir sagen könnte, was ich gern höre.

Ich wirke nicht günstig auf mich.

Deutlich müder. Eine Stufe weiter herunten. Das darf er nicht merken lassen. Er muß auftreten auf der Stufe, auf der man ihn zuletzt sah.

Ein schlichter Schmerz ist immer da, mich zu entschuldigen. Den müßte ich, wenn ich ihn nicht hätte, kommen lassen.

Man geht auf ein Loch zu, weiß, daß man hineinfallen wird, und fällt hinein.

Ich kann mich mir bald nicht mehr leisten.
Wenn ich nicht hören will, muß ich fühlen.
Gar alles kann ich mir auch nicht durchgehen lassen.
Ich höre nicht auf mich.
Meine Geduld mit mir ist nicht zu Ende.

Ich lasse mich nicht, ich segnete mich denn.
Solche wie mich verachte ich. Mich aber nicht.
Ich würde nicht atmen, wenn ich nicht müßte.

Ich bin in ein Leiden geleimt.

Ich möchte entlassen werden von mir.

Was mit mir zu tun hat, lähmt mich mehr, als daß es mich erschreckt. Nichts Abschnürenderes als dieses zunehmende Interesse für mich selbst. Ich weiß, daß ich dieses Interesse nicht wert bin. Ich bewache mich von morgens bis abends. Ich gähne nicht. Kein Kriminalfilm ist so spannend wie ich für mich. Nirgends passiert so wenig wie in mir. Zusammenfassend kann ich sagen, ich sei leer. Nicht ungeheuer leer. Einfach leer. Eng und leer. Trüb, eng und leer. Ich scheppere vor Leere. Ich war einmal anders. Ich kann nicht behaupten, ich sei jünger gewesen. Ich habe Fotos, auf denen ich jünger aussehe. Ich kann mich nicht erinnern, daß ich mich jünger gefühlt habe. Ich habe nie gedacht: Mein Gott, bin ich jung. Ich habe nie gesagt: Was darf es sein, ich bin jung. Ich habe mich immer so gespannt bewacht wie jetzt. Ich habe immer auf etwas gewartet. Ich weiß nicht, wie diese Erwartung entstanden ist. Seit ich denken kann, bin ich im Zustand gespanntester Erwartung. Ich weiß nicht, was ich von mir erwarte. Es muß etwas Außerordentliches sein, sonst wäre ich nicht so gespannt. Auf jeden Fall ist alles, was ich mache, nichts gegen das, was ich erwarte. Sicher ist auch, daß ich niemandem vorwerfen kann, mir diese Erwartung eingeimpft zu haben. Sie war da, als ich zum ersten Mal ICH sagte. Ich kenne mich nicht ohne diese Erwartung. Ich bin diese Erwartung. Also bin ich auch diese Enttäuschung. Ich gehe an einer dürren Hecke entlang und kann nicht anders, als mit immer schmerzenderer Hand an den harten, dürren, stechenden Zweigen entlang zu streifen. Die Welt, kommt mir vor, ist übervoll von blühenden, saftigen, duftvollen, leise wehenden Hekken. Sie liegen nicht an meinem Weg. Was für Töne, Bewegungen, Gesichter, Gedanken nehme ich wahr! Was für Lippen, zum Beispiel! Ich ärgere mich mit Recht schon über meine Schuhe. Ich habe noch nie Schuhe gehabt, die mir paßten. Gut, das ist lächerlich. Ein Luxusproblem. Es gab Zeiten, da hatte man in meinen Schichten überhaupt keine Schuhe. Da wäre jeder in meiner Klasse froh gewesen, wenn er wenigstens zu große oder zu kleine Schuhe gehabt hätte. Was ich als Lippen habe, ist schlimmer als der Umstand, daß ich, zweier ganz ungleicher Füße wegen, nur zu große oder zu kleine Schuhe kenne. Ich habe erbärmliche Lippen. Nicht, daß sie zu klein wären. Im Gegenteil. Aber jemand wie ich sollte nicht soviel Lippenmaterial zur Verfügung haben. Ich weiß nichts anzufangen damit. Das fällt auf. Meine Lippen . . . also das zur Verfügung Stehende, ich bringe es in keine lippenhafte Ordnung, ich schaffe keinen Mund damit. Aber das ist nicht so schlimm. Ich bin – das weiß ich auch – einer der glücklichsten, beneidenswertesten Menschen dieses Zeitalters. Ich bin eins mit meiner Erwartung, die von einer Enttäuschung nicht zu unterscheiden ist. Ich bin fühllos, leidlos glücklich. Daß mir kein Mund gelingt, ist nur ein Mangel im Bereich des Erscheinens, der mir, dem es um die herrlich leidlose Fühllosigkeit selber geht, nicht der wichtigste ist. Armseligkeit, das ist die wahre Seligkeit. Nur das Leben nicht ins Kraut schießen lassen. Ich sehe doch, höre doch, ja ich rieche sogar, was die Reicheren, Lebendigeren, Erfüllteren, Schöneren zu leiden haben um ihrer Ausstattungen willen. Ich pfeif auf alle Ausstattungen. Wenn auch nur mit meinen schwer zum Pfeifen zu bringenden Lippen. Das Schönste an meinem Zustand ist, daß er keiner ist. Mein zwischen Erwartung und Enttäuschung hin und her rasendes Wesen läßt das nicht zu. Ich behaupte zwar gern, Erwartung und Enttäuschung, meine beiden Wesenskerne, seien eins und ich sei diese ihre Einheit, aber jeder weiß, daß diese Kerne nicht zu einer auch nur die kleinste Zeiteinheit überdauernden Verschmelzung zu bringen sind. Unaufhörlich tobt in der allergrößten Intimität der nukleare Orkan. Dieses allerkleinste und allermächtigste Hin und Her kann nicht aufhören. Sobald die Enttäuschung alles in mir zum Erstarren gebracht hat, löst sie, auf ihrem äußersten Schärfegrad, die Erwartung aus, die ihrerseits kein anderes Ziel hat, als durch unendliches Aufschießen eine Enttäuschung vorzubereiten, die ihrer würdig ist. Ja, es ist spannend. Also wirklich, ich kann von Glück sagen.

Jeden Satz, der mit Ich anfängt, sollte man streichen.

Ich kann nichts tun. Aber ich kann auch nicht nichts tun.

Plötzlich werden alle Leute so eckig, daß man Angst haben muß, sich an ihnen zu schneiden.

Alles hat diese Schärfe. Das Gefühl, ich müsse mich vor allem hüten. So vorsichtig, wie ich glaube sein zu müssen, kann man, wenn man noch leben will, gar nicht sein. Wenn ich einmal nicht so vorsichtig bin, wie ich glaube, sein zu müssen, schüttelt es mich vor Angst, einen vernichtenden Fehler gemacht zu haben.

Mit den Fäusten in den Augen hab ich diesen Tag verbracht. Es hat schwarz und rot geregnet in meiner Lichtlosigkeit.

Wenn jetzt langsam die Welt auseinanderbräche, hätte ich das Gefühl, das entspräche mir.

Der Mensch ist das Geräusch, das sich auf die Nerven geht.

Man kann sich umbringen wie ein Diener einen unerträglichen Herrn.

Wenn man verbittert ist, schmeckt das Leitungswasser im Mund, als sei es gesüßt.

Ich bin begehrt. Die Müdigkeit macht mich der Erbitterung streitig. Die Erbitterung will mich nicht der Müdigkeit überlassen.

Vor den Momenten des Zusammenklappens riecht die Luft, nach Essig. So stark, als rieche man an einer Essigflasche.

Daß es ernst ist, wissen wir, aber wir glauben es nicht.

Ich mache mir nichts klar. Ich bleibe befangen. Ich will aus dem Irrtum nicht hinaus.

Ich lebe wie nicht.

Daß ich die Hand noch rühre, ist heldenhaft.

Am liebsten nichts. Wenn etwas, dann ein Geständnis.

Was ich zu gestehen hätte, gesteht man nicht.

Wie kannst du herausbringen, ob du noch Energie hast? Auf jeden Fall würde der Glaube, du habest keine mehr, auch die, die du noch hast, zerstören.

Immer wenn ich zu Boden muß, fange ich selber an zu zählen.

Etwas zugeben heißt, es propagieren.

Hab ich gestern, als ich von den Unannehmlichkeiten, die mich jetzt beherrschen, frei war, gejubelt? Nein. Also bitte.

Wenn ich jetzt wüßte, was am leichtesten wäre, würde ich das Leichteste tun.

Ich hätte mich nicht zurücklehnen dürfen. Jetzt kann ich mich nicht mehr aufrichten.

Eingeschränkt bis aufs letzte, müßte ich dieses Letzte doch verteidigen. Nichts weniger. Gerade das nicht.

Als er soweit war, daß er nur noch die Geräuschfolge seiner Waschmaschine beschreiben konnte. Jede andere Erlebnisfähigkeit hatte er eingebüßt.

Ich möchte mich zusammenfalten wie die Karte eines Landes, in das ich nicht mehr reisen werde.

Wenn ich mich krümmen könnte, bis ich mich nicht mehr weiter krümmen möchte.

Jetzt noch in den Zähnen stochern. Nichts bleibt unversucht. Danach fällst du zusammen, um wild zu verfaulen.

Soweit sein müßte man wie der Sand. Dann hätte man's geschafft. Dann gehörte man dazu. Zu dem, was bleibt. Wenn etwas bleibt, dann der Sand.

Im Zusammensinken ist man natürlich ganz auf sich selber konzentriert.

Im Straßengraben liegend, vom Fürwort verlassen, nur eine Fläche Gesicht, von der trieft, was die Reifen spritzen.

Wenn du jeden Tag die gleiche Suppe ißt, wirst du sie lieben.

Zwing dich, Strich für Strich, durchs Bewegungslosigkeitseis.

Auch könnte es sein, daß du morgen etwas zu essen bekommst, wofür es sich lohnt, am Leben geblieben zu sein.

Wir sehen einander absichtslos an.

Wahrscheinlich muß man, will man geliebt werden, lieben.

III

Mach das Fenster auf, laß dich anschneiden von der Winterluft.

Zu leben ist etwas, jenseits von allem, was dagegen spricht.

Es scheinen die Berge deine Gesellschaft zu sein, weil sie weit weg sind.

Vorher war niemand an deiner Stelle, jetzt ist auch niemand an deiner Stelle, aber jetzt fehlt jemand an deiner Stelle.

Was ich, weil ich zögere, nicht mehr erreiche, ist, sobald ich darüber nachdenke, etwas, das mich ausstattet.

Härte brauchst du, sonst sinkt, was dich trifft, durch dich durch und kennt sich nicht.

Nur geschraubte Klagen interessieren mich.

Um zu sehen, daß das, was man denkt, nicht das ist, was man denken will, muß man es aufschreiben.

Innen das Gewicht will Bewegung. Ein Wort am Start. Such mit den Augen ein Ziel. Es darf ein Vorwand sein.

Man sieht das Bewußtsein mit mehr als Lichtgeschwindigkeit über Wörter hinrasen und weiß schon, bevor das Bewußtsein dort angelangt ist, daß es bei dem Wort *niederdeutsch* enden wird.

Wie lange schon hast du nicht mehr riskiert, etwas Unbeweisbares zu empfinden! Immer ausgewichen, wenn etwas ankam, das nicht einzusehen sein würde. Nicht, daß alles bewiesen wurde, aber ein Gefühl der Beweisbarkeit sollte alles begleiten können. So ist die Feigheit entstanden; der enorme Käfig, der dich schützen sollte und dich einsperrt.

Spring auf! Zur Gänze. Laß Klänge führen. Fort vom Geschehenen. Leugne die Schwere. Schau, dein Schatten singt. Sing ihm die zweite Stimme. Vielleicht tanzt er dann.

Dagegenhalten ist alles. Das Gegenteil herauswirtschaften. Eine Laune, die man nicht haben kann, die es nicht gibt. Bei Soldaten nennt man sie Mut. Bei Frauen vielleicht Liebe.

Jeder verstellt sich dem Nächsten zulieb. Auch will er wie andere bleiben. Der Wind wird laut an Häusern, in denen es still ist. Die Kälte klingt auf wärmebergenden Mauern. Wir reden, als ob wir einfach wären. Lieber träumen wir alles, als daß wir es sagen.

Eine Figur vorführen, deren Tod man nach der Vorführung für gerechtfertigt hielte, das wäre Realismus.

Man empfindet, schreibt es hin, überprüft, ob es das ist, was man empfand. Dann korrigiert man, was durch das Hinschreiben anders geworden ist, als man wollte. Durch das Korrigieren ist das, was durch das Schreiben entstanden ist, vernichtet, ohne daß dadurch die ursprüngliche Empfindung faßbar geworden wäre. Man muß von vorne anfangen. Ohne die Absicht, einer bestimmten Empfindung gerecht zu werden.

Ich könnte für jede Allgemeinheit den wirklichen Anlaß notieren. Aber eben das kann ich nicht. Ich würde ihn dadurch verstärken. Ich würde sein gegen mich gerichtetes Gewicht genau dahin lenken, wo es am schlimmsten wirkt. Ich wehre mich durch Verallgemeinerung. Die dadurch eintretende Verschwommenheit verhält sich zum Anlaß wie der Grabstein zur Leiche. Man kann ohne krassen Schrecken davorstehen.

Wenn man von den Mitteln nichts mehr verlangt, verschwinden sie. Übrig bleibt unmittelbar der Darstellende.

Das ist typisch für die Erschöpfung, sie erlaubt nichts mehr als ihre Betrachtung.

Einen Gegenhomburg schreiben. Voller Frühlingslicht und weicher Wiese. Schauspieler müßten spielen, wie schön es ist, auf einer Wiese zu gehen, die jeden Schritt nachgiebig empfängt. Wenn sie die grauenhaften Homburg-Entschiedenheiten spielen können, müßten sie auch dieses Schöne spielen können. Beides gibt es nicht, beides muß man spielen. Links müßte heller Laubwald begrenzen, rechts eine dunkle Tannenwand mit hellen Spitzen. Dazwischen die ansteigende Wiese. Hinten reiner Süden, Säntis usw. Aber was sollte da einer dem anderen tun? Die könnten alle nur leiden.

Das Schönste muß sein, etwas aus sich herauszubringen, ohne daß man von außen viel braucht. Denkt Meßmer.

Ich bin euch um nichts Schönes voraus. Ich gebe nie mehr, als ich kriege. Ich schulde sogar. Ich schulde und schulde.

Meine Arbeit ist die Reise. Gefährlich, das Umsteigen. Am gefährlichsten in Zürich. Da laufen so viele Leute durcheinander, daß immer mehr sich immer häufiger gezwungen sehen, stehenzubleiben. Ihre Entschlossenheit ist nicht der Art, daß sie, was ihnen im Weg ist, mit Gewalt beseitigen. Sie kämen ja auch nicht weit. Also ist es das Vernünftigste, so lange stehenzubleiben, bis der Weg wieder frei ist. Das ist aber das Gefährliche. Die Masse der Durcheinanderlaufenden sieht aus wie eine Masse Stehenbleibender. Man hat das Gefühl, in einen Schicksalssumpf geraten zu sein. Man ist aufgegangen in anderen. Man fühlt sich erlöst von der Notwendigkeit, das Ziel zu erreichen. Du wolltest weiter, du wolltest ankommen, aber es geht nicht. Irgendeine Hoffnung sagt dir, wenn du umkehren, den Rückweg antreten würdest, würde sich dir ein bißchen weniger in den Weg stellen. Das einzige, was jetzt nötig wäre: du müßtest dich umdrehen. Aber die Reise ist deine Arbeit. Du mußt ankommen, bevor du umkehren darfst. Du bist darauf angewiesen, dich für zuverlässig halten zu können. Und jetzt löst sich die Stockung schon wieder, du könntest gehen. Und so oft du auch noch aufgehalten wirst, du stehst einfach da, wartest zeitlos, bis es weitergeht. Daß du umkehren könntest, diese phantastische Wegvariante ist überwunden. Du wirst ankommen. Wie immer.

Wenn er so angetrunken in einem Taxi sitzt, das lange durch enge Straßen fährt, hat er das Gefühl, er fahre auf etwas zu. Man darf doch das Leben nicht vorbeigehen lassen, denkt Meßmer. Am besten ist es, durch fremde Städte zu gehen; Bekannte, die man hat, nicht anzurufen; die Karten fürs Theater zu kaufen; die Vorstellung zu versäumen; die Süße der Todesidee zu kosten wie etwas, woran man nicht glaubt.

Dieser winzige Kreis. Und dann gleich die Wildnis. Wir sind immer noch Abenteurer.

Nur noch eine einzige Empfindung, die er genausogut Sehnsucht wie Scham nennen könnte.

Wenn ihn die Sonne anscheint, schließt er die Augen. Sobald eine Wolke ihren kühlenden Schatten wirft, gehen die Augen wieder auf.

Eine leere Seite ist wie eine leere Kirche, sie hallt.

Er sehnt sich danach, ein Gedicht machen zu können. Daß er nicht aussprechen kann, wie ihm zumute ist – und das könnte er, meint er, nur in einem Gedicht –, empfindet er als etwas unnachgiebig Quälendes. Eine Zumutung.

An einem Abend alles Papier der Welt mit sich vollschreiben.

An einem Tag passiert soviel mehr, als man an einem Tag schreiben kann. Nur in einem Gedicht könnte man alles sagen. Weil er kein Gedicht machen kann, hat er das Gefühl, es in der Gegenwart nicht aushalten zu können.

Meßmer ist ein Graphomane. Er fühlt sich bei Toten wohl. Viel lebendiger fühlt er sich unter Toten als unter Lebendigen. Unter Lebendigen stirbt ihm alles ab. Unter Toten lebt er auf. Natürlich hat er Hemmungen, wenn er Hölderlin trifft oder Kleist. Vor Kleist hat er fast soviel Angst wie vor einem Lebendigen. Vor Kafka hat er sowohl Angst als auch keine Angst. Vor Hölderlin hat er keine Angst, nur Hemmungen. Hölderlin fragte ihn neulich nach seinem Beruf, unverlegen sagte er: Optiker.

Ja, Friedrich, wir brauchen Heroen zur Übung des Sinns und als Reiz, daß wir nicht bleiben, was wir sind.

Daß man sich verlöre in einer Geschichte, nicht mehr herausfände! Aber wenigstens darstellen, daß man sich niemals verliert. Diese ungeheure Vorsicht jeden Tag, ein Leben lang. Immer mit angehaltenem Atem. Vielleicht wäre überhaupt nichts, wenn man sich nicht so zusammennähme. Man stürzte einfach durchs Leere.

Gäbe es noch den Beruf, Botschaften weit zu tragen, und käme es darauf an, Botschaften rein im Kopf zu behalten – das wäre der Beruf für mich.

Manchmal möchte Meßmer jedes Wort in Messing fassen, es dürfte gebraucht werden nur am Spätnachmittag und sollte passen zu einem Steinfußboden, der immer ein bißchen zu kühl ist.

An Samstagen hat man zweifellos gelebt.

In der Loge der Dämmerung, kühnheitslos, aufgegeben. Ein Bein bestätigt das andere. Ich tose vor Begeisterung, Stille. Zum Glück bellt ein Hund den Schmerz heraus, den ihm der Abend macht, weil seine Leute ihn verlassen haben.

Musik demütigt am schönsten. Ich kauere unter Tönen in der Kirche der Zeit. Gedanken wie Tränen. Neunzehntes Jahrhundert heißt das Meer, in dem ich ende.

Wir kennen die Trauer des Jahres 1900 besser als unsere eigene. Nur daß wir verlassen sind, spüren wir. Aber nicht, wovon.

Wenn man in die dunklen holländischen Orte einfährt, glaubt man, es sei 1908. Der Schaffner pfeift fröhlich wie ein Vogel. Das klingt komisch im Abendschneenebel.

Auch stell ich mir gern vor, ich sei ein Klavier, das einem gehört, der gestorben ist. Wer trinkt noch Wasser mit der liedhaften Wonne des neunzehnten Jahrhunderts? Wer fletscht nicht vor Wut und Eile? Ich möchte jemanden in den Nacken küssen, der gemalt hat. Feuerbach. Meinen Augen fehlt das Licht, meinen Lippen das Jahrhundert. Ich könnte mich transportieren lassen nach Tokio und Manhattan. Aus Versäumnissen näh' ich meinen Vorteil. Ich will genießen, was ich entbehre. Wenn ich sterbe, ist nichts beglichen. Mich überlebt, die ich angehäuft habe mit immer verlegenerem Grinsen, die Schuld. Falls etwas unerklärlich Furchtbares passiert, ist es die Tilgung meiner Schuld. Das sage ich, damit ihr nicht auf falsche Gedanken kommt. Nicht daß noch ein Problem entsteht. Die Rechnung soll aufgehen, restlos. Wie ein Blatt bei unzähligen Blättern will man gelandet sein. Darauf der Vermerk: Alles bezahlt.

Aber sonst. Was ist denn noch? Nichts Politisches übrig. Ein Satz vielleicht. Nicht auszusprechen. Weil er dadurch falsch würde. Er darf sich nur an mich richten.

Da viele, älter werdend, mehr verschweigen können als vorher, kann man von einer Fähigkeit sprechen.

Es gibt keine Feinde mehr. Nur noch Aggressionen, ins Leere gerichtet. Verfluchungen, die ein Ungläubiger ausstößt, sind lächerlich. Wenn alles nichts ist, hält man, bitte, den Mund. Wenn man ihn aufmacht, muß man zugeben, daß man sich Illusionen macht, daß man etwas glaubt. Die erste religiöse Entwicklung gipfelte in dem Satz, man solle seine Feinde lieben. Die zweite religiöse Entwicklung, die sich nicht mehr *religiös* nennen wird, könnte mit dem Satz anfangen: Es gibt keine Feinde mehr.

Zuerst haben die Menschen Gott geschaffen. Diese Schöpfungsgeschichte erzählen. Bis zu der Zeit, in der die Menschen nicht mehr wissen, daß sie es waren, die Gott geschaffen haben, und anfangen nachzudenken, ob Gott sei, was Gott sei usw.

Im Winter hält sich Gott mit Vorliebe auf, wo ich bin. Auch der Wind hat im Winter gern zu tun mit mir. Natürlich flieht mich auch viel im Winter. Dann bin ich also mit Gott allein und ununterscheidbar von ihm. Sag ich, er sei mein Pseudonym, sagt er: Namen sind Abfall. Ich liebe das haltlose Reden mit ihm. Mein Bart steht dir gut, sage ich und greife an mein nacktes Kinn.

Gott ist die Höhle in jedem, in der die Dunkelheit Platz hat, die zu uns gehört. Denkt Meßmer.

Von überall her die Einladung zur Illusion. Die Grille zirpt, als gehöre man dazu.

Wärme liegt auf mir und wiegt.

Tief hinab in die Steppe. Sie reiten. Es hüpft der Horizont. Später wiegt er sich. Sie durchbrechen die fernste Linie. Bevor sie noch ausgeschnauft haben, reißt der nächste Horizont den Blick hin. Schwindel. Die Haut siedet Bläschen. Weiter. Hier möchten sie nicht gestorben sein! Weiter! Sie baden doch nicht zweimal im selben Schmerz.

Am liebsten gliche man dem Stein, der in großer Höhe verwittert.

Meßmer geht gern bergauf. Wenn er bergab geht, fürchtet er, zu komisch auszusehen.

Meßmer wendet sich noch einmal an ein blondes Mädchen, das einen großen roten Koffer den Bahnsteig entlang trägt.

Ich fahre Zug im Vorfrühlingsland und lasse mich überreden: denkt Meßmer.

Im warmen Schatten sitzend, kann er nicht sorgen. Der Herbst und so weiter, unvorstellbar. Ihm tut nichts weh. Nicht einmal, was er weiß, spürt er. Die Vögel schreien, er versteht nichts.

Der blaue Augusthimmel mit ein paar fetten Weißwolken über dem runden breiten schweren Baumgrün. Eine satte Sache. Um halb zwei. Und da durch dieses Licht keine Maden kriechen, meint man wunder was.

Mit geschlossenen Augen schau ich auf die Uhr und schlürf aus allen Gläsern Langeweile.

Ich bin ein Hase, weißt du, in der Furche, und gramvoll und geduckt warte ich auf den ersten Schuß, dann renne ich los und sehe noch die purzelnde Welt, die sich überschlagenden Jäger.

Wir haben im August vom Herbst geredet. Jetzt, da er da ist, schauen wir ihm eher schweigend zu.

Wie immer macht das Leben nicht allen gleich viel Freude. Denkt Meßmer.

Wäre es so schlimm, wenn die Bäume uns überlebten? Denkt Meßmer.

So langsam wie der Mond aufgeht, möchte man hinter den Hügeln versinken.

In den Ohren dröhnt das Leben. Die Vögel klagen über Kälte. Mir scheint die Sonne auf die Hand.

Die Sonntage, an denen man nur von Bekanntem redete. Nur das Letzte mußte gesagt werden, alles andere war allen bekannt. So entstand Ruhe vor geschindelten Häusern und nicht endender Sonnenschein in Dörfern, die nicht überlebten.

Tannen hatte er gern. Sie kamen ihm schwer vor, waren dunkel, meistens still, und hatten Bäuche.

Es findet deine Kälte zum Fieber zusammen. Im Kopf sind die grellen Drähte gespannt, auf denen getanzt wird. Bald schneit's Lyrik.

Schlimm, dieser Singwunsch. Dieses Maulaufreißen und Stummbleiben. Du bist verwünscht. Wer war's?

Bleib mir nah, mein Horizont sinkt, Geigenstriche verglimmen, ich gürte mich mit Opern für die Nacht und laß mein Rufen zu mir kommen.

Hat die Leere doch einen Ton? Der Wind beschäftigt die Bäume. Dich spannt die Zeit.

Ich will den Ton hervorbringen, der durch mein Leben entsteht.

Was er soll, ist, aus Mangel an Not, nicht bestimmt. Er schwankt an Ort und Stelle. Er ist ein angebundenes Tier, das so tut, als möchte es frei sein, während es mit Genuß die Gefangenenkost frißt.

Mindestens ein Vogel auf geheiztem Ast will er sein, ganz geschützt und frei.

Ruhend, allem gegenüber, und heiter lebt er hier, ein Verbraucher wie wenige. Er ist Spitze. Die Pyramide trägt ihn.

Warum nicht den Vorwurf auf sich sitzenlassen? Ich habe den Vorwurf auf mir sitzenlassen. Das wäre ein stolzer Satz.

Beim Subtrahieren muß er immer den Atem anhalten, bis das Ergebnis dasteht, sonst kommt er draus. Beim Addieren kann er weiteratmen.

Die gelitten haben, sind tot. Wir schnuppern in den Düften des Leids. Denkt Meßmer.

Wir sind etwas Polterndes, aber auch Zirpendes, das durch den Schnee stiebt.

Gerufen, wüßte ich, was ich will. Denkt Meßmer.

Wär ich ein Teil, gehörte dazu, ruhte bestimmt.

Ich möchte sein wie ein Wunsch. Auf der Schwelle möchte ich stehen. Ein Tag sein vor seinem Anbruch. Noch nicht gewesen sein möchte ich.

So hängen wir zusammen, daß wir nicht genug hören können, wie uns ein anderer vermißt. Jeder möchte der Vermißteste sein.

Jeder eine Galaxie, in der es schreit.

Warum nehmen wir uns nicht an den Händen und schreien?

Leidend tun wir mehr als die Handelnden, wir tragen die Welt.

Schreien ist sinnlos. Schweigen schwer. Lachen lernen auf eine ansteckende Art.

Aias komm aus dem Schatten. Sag mir etwas. Dein Urteil interessiert mich am meisten.

Man streckt seine Ohren über die Menschheit hinaus. Ich höre den Wind, die Zeit, sonst nichts. Vielleicht bin ich versunken, mein Mund ist vielleicht voll von Fischen, die zielen.

Mehr Wagnis als Verlust. Das Leben gehört zu uns. Der Tod nicht. Holz, eine Tracht. Siege, Gewohnheit. In Scharen kapitulieren die Rätsel. Das Heilige in die Vitrine. Kein Fluß unüberquert. Jetzt warten wir auf die langsame Seele.

Alles will geweiht sein durch Freude, es geht auch Schmerz. Tränen sind eine Antwort auf Lauch, Liebe, Eile des Lebens. Ich bin verschuldet. Vom Versäumen roh. Ich hätte Grund, gut zu sein. Ich weiß es nur zu spät.

So leicht an der Decke zu hängen. Beschäftigt mit dem Entwerfen erträglicher Handlungen. Es muß nur etwas bevorstehen, was man fürchtet, nicht ertragen zu können, dann entwirft man von selbst das Erträgliche.

Von seinem 54. bis zu seinem 63. Lebensjahr sitzt Tassilo Herbert Meßmer ruhig in einem Zimmer. Außer den Jahreszeiten bemerkt er nichts. Dann stirbt er. Plötzlich. Seine bis zur Todesstunde geübte Lebensweise verhindert, daß er vermißt wird. Das ist sein Ziel. Ganze Tage verbringt er gähnend. Er wagt nicht, am Tag zu schlafen. Das käme ihm lasterhaft vor. Und niemals findet er Anlaß, einem anderen Menschen einen Vorwurf zu machen.

Er kann sich nicht satt sehen an den Gesichtern im Bus. Er könnte endlos fahren, glaubt er. Obwohl er zuschaut, fühlt Meßmer sich aufgenommen in eine Gruppe, einen Verband.

Er neigt, glaubt er, dazu, Leute lieber zu mögen als sie ihn.

Wenn man Kraft hat, wirft man eine Decke über alles. Meint Meßmer.

Ich habe eine Linie gezogen, und es wurde ein Kreis.

Der Wind tut mythisch. Mir gelingt es nicht, ihn unübersetzbar zu finden. Wo ich hinschau, schließt sich die Linie und heißt etwas.

Mir nicht die Füße binden. Wovon noch oft gesprochen wird. Lang hat am Abend das Hoffen ein Thema ergeben.

Es ist still im Haus. Seit langem liegen zwei Mark auf dem Tisch. Der Regen prasselt, als wolle er jemanden wecken. Wir könnten tot sein. Das Telefon gäbe nach. Es wäre wie jetzt.

Ich möchte meine Arbeit auf harmlose Weise tun. Möglichst wenig schädlich zu sein, das wäre jetzt mein Stolz.

Meine Augen verbrauchen. Keinem sagen, daß ich auf Leere gestoßen bin. Ein Einzelner sein, der keinen erschreckt. Kindern aus dem Weg gehen.

Am liebsten würde er Tiere versorgen, am liebsten unsterbliche. Er muß sie noch züchten. Die Versuche, die vielversprechenden, haben begonnen.

Wir fahren gleich ab und lassen Brook Road eingehen in den Schmerzstoff, den wir hätscheln. Abschied ist gewöhnlich. Wenn aber der Wind noch aufwacht und die verbrauchte Stirne kühlt, hat der Abschied Leben.

Wir schießen durch den grauen Tag, die Erde rast vorbei mit schwarzen Flecken. Der Schnee wird eins. Ich möchte eine Ruhe haben, die dem Transport gewachsen ist.

Wenn ich meine Mütze aufsetze, bin ich, denkt Meßmer.

Die Bücher von Martin Walser im Suhrkamp Verlag

Ein Flugzeug über dem Haus und andere Geschichten
1955

Ehen in Philippsburg
Roman
1957

Halbzeit
Roman
1960

Das Einhorn
Roman
1966

Fiction
1970

Die Gallistl'sche Krankheit
Roman
1972

Der Sturz
Roman
1973

Das Sauspiel
Szenen aus dem 16. Jahrhundert
1975

Jenseits der Liebe
Roman
1976

Ein fliehendes Pferd
Novelle
1978

Seelenarbeit
Roman
1979

Das Schwanenhaus
Roman
1980

In Goethes Hand
Szenen aus dem 19. Jahrhundert
1982

Brief an Lord Liszt
Roman
1982

Gesammelte Geschichten
1983

Liebeserklärungen
1983

Bibliothek Suhrkamp

Ehen in Philippsburg
Roman
BS 527

Ein fliehendes Pferd
Novelle
BS 819

edition suhrkamp

Eiche und Angora. Eine deutsche Chronik
es 16

Ein Flugzeug über dem Haus und andere Geschichten
es 30

Überlebensgroß Herr Krott.
Requiem für einen Unsterblichen
es 55

Lügengeschichten
es 81

Der Schwarze Schwan
Stück
es 90

Erfahrungen und Leseerfahrungen
es 109

Der Abstecher/Die Zimmerschlacht
Stücke
es 205

Heimatkunde. Aufsätze und Reden
es 269

Ein Kinderspiel
Stück
es 400

Wie und wovon handelt Literatur
es 642

Die Gallistl'sche Krankheit
es 689

Das Sauspiel
es 913

Wer ist ein Schriftsteller?
es 959

Selbstbewußtsein und Ironie,
Frankfurter Vorlesungen
es 1090

suhrkamp taschenbuch

Gesammelte Stücke
st 6

Halbzeit
st 94

Das Einhorn
st 159

Der Sturz
st 322

Jenseits der Liebe
st 525

Ein fliehendes Pferd
st 600

Ein Flugzeug über dem Haus und andere Geschichten
st 612

Die Anselm Kristlein Trilogie. 3 Bde
st 684

Die Gallistl'sche Krankheit
st 689

Das Schwanenhaus
st 800

Seelenarbeit
st 901

In Goethes Hand
Szenen aus dem 19. Jahrhundert
st 1077

Martin Walser (Materialienband)
stm 2003

Schallplatten

Der Unerbittlichkeitsstil
Rede zum 100. Geburtstag von Robert Walser

Mein Schiller. Rede bei der Entgegennahme
des Schiller-Gedächtnispreises 1981